講談社文庫

新装版
ローズガーデン

桐野夏生

講談社

目次

ローズガーデン

ローズガーデン

頭の中では、さっきからストーンズの「サティスファクション」と、「ストリート・ファイティング・マン」とが交互に鳴り響いていた。どっちの曲か忘れた。『地獄の黙示録』で、川を遡《さかのぼ》りながら、元サーファーが水上スキーをやるシーン。荒々しくも愉快な気分、そのままだった。博夫《ひろお》は床に転がっているオレンジ色のライフジャケットを足で踏み付け、魚臭いボートの縁《へり》を掌で叩いて調子を取った。背後から、凪《な》いだ水面を勢いよく蹴立てる幻のスラローム跡が追い駆けて来るような気さえする。

博夫の鼻歌が聞こえたのか、レイバン型のサングラスをした操縦士が白い歯を見せてスロットルを開けた。三十歳の博夫と同じくらいの年齢のインドネシア人。糊《のり》の利いた開襟シャツにぴったりしたジーンズ、薄汚れたスニーカーを突っかけた現地の不良だ。『地獄の黙示録』は見ていないだろうが、あの気分がわかる奴は最高だ。博夫は男に笑いかけた。男が笑い返す。二人の間に共犯めいた満足感が膨らむ。ぶっ飛ばそうぜ。速度を上げたボートは、水面を跳ねながら、汁粉のような色をしたマハカム川を遡《さかのぼ》る。

両岸まで数百メートルある大河は、どこまで行っても同じ景色が続く。右岸は巨大な丸太が集められた木場、左岸は小さな水上住宅群。上流に向かっているのか下流に向かっているのか、時々わからなくなって混乱する。後部座席に一人座っているエンジニアの城ヶ島が縦揺れに耐え、灰色の破れたビニールシートを必死に掴んでいた。

「水上スキーでもやりたい気分ですよ」

博夫は助手席から城ヶ島に叫んだ。すでに後退しつつある額を強風で露わにした城ヶ島は、何度も聞き返した。言葉がモーターボートのエンジン音で空中に飛散して行ってしまう。愉快な気分も萎《しな》びた風船みたいに気が抜けそうだった。博夫は両手で口許を囲って城ヶ島に怒鳴った。

「水上スキーやったら気持ちいいでしょうって言ったんです」

「やったことあるのかい」

ある訳ねえだろ。スキーだって数えるほどしかねえんだからよう。気分で言っただけさ。爽快さを遮断され、博夫は攻撃的になった。

「ないですよ。こんな広い川だから気分いいと思って」

「そうかな。見ろよ、木がいっぱい流れて来るぜ」

城ヶ島は川のあちこちを指さした。船着き場の辺りはゴミや雑草が浮いていたが、出発して三十分経った今は、根や葉の付いた直径二十センチはある流木が目立った。流れが緩慢なため、流木は永遠にそこに留まっているかのように浮いたり沈んだりしている。同じ茶色い水でもバンコクのチャオプラヤー川はもっと流れが速かった。やたら船が多く、浮き袋のある水草を掻き分け、せかせかと行き来していた。マハカム川にはほとんど船の姿が見えない。まるで湖のごとく満々と水を湛《たた》え、大馬鹿者のように悠然としている。

博夫たちの乗ったボートは、午前六時前に出航した定期船に追い付いた。定期船は二階建てのハウスボート型で、剝げかかったブルーと白のペンキで塗り分けられている。乗客がごろごろと横になっているのが見えた。短パン姿の男、イスラムの風習に従ってスカーフで頭を覆った女。モーターボートは、扇形に広がる定期船の航跡のせいで大きくバウンドした。船底に当たる波が、岩か木材に乗り上げたようなガツッという固い音を立てる。着水の度に尻が浮くのを、船体に摑まってやり過ごすのが面白かった。定期船の乗客がモーターボートに向かって手を振った。片手にプラスチックの皿や丼を持っている者が多い。のんびり朝食を食べながらの航海だ。船尾に板で囲っただけのトイレが見えた。インドネシアでは紙を使わず、尻も便器も水で洗う。糞を浴びないようにもっとスピードを上げろよ。博夫は日本語で叫び、大きく右に蛇行した川の行く手を示した。だが、操縦士は横波が怖いのか、あっという間に減速してしまった。下手な波乗りみたいに、モーターボートはのっぺりと航跡を乗り越え続ける。

博夫は白けて空を振り仰いだ。薄く曇った雨季特有の早朝の空。湿気がまだ大地に低く漂い、川面はところどころ白い靄《もや》に覆われている。現地では「スピードボート」と呼ばれているモーターボート。ヤマハの古いエンジンを積んだポンコツだが、これが一番早いのだから仕方がない。しかし、このボートで十二時間も川を遡るとなると、さぞかし飽きることだろう。博夫は長い一日を思って早くも疲れを感じた。

博夫は日本とインドネシアの合弁会社、アグロ・コウワ電装の営業だ。赴任して二年。ジャカルタ支社は全部で十四人の日本人駐在員がいる。各地の支店には現地人支配人とスタッフが数人常駐しているが、故障や苦情があれば日本人社員が行く。今回は、カリマンタンのアスラヘロという木材伐採基地にたった一個のプラグを届けに行くところだ。トラックが動かないとの報せに、一昨日の夕方、急に出張が決まった。

年収の何十倍何百倍もの金を出して買う大事なトラックやバスの故障修理のために、営業とエンジニアがどんな僻地《へきち》にも馳《は》せ参じる。欧米の企業はエンジニアしか派遣しないのに、日本企業は必ず営業が随行して顔と恩義を売る。このやり方でシェアを拡大してきたのだ。ジャワ、スマトラ、バリ、ロンボク、スラウェシ、イリアンジャヤ。多島国家のインドネシアにあって、出張は海を渡るちょっとした旅行だ。悪くない。

今回のアスラヘロ行きは、これまでで最も情報の足りない土地だ。ジャカルタから飛行機でカリマンタン島に渡り、バリクパパンという石油基地で降りる。ここまで二時間。そこから陸路を三時間かけてサマリンダに入る。インドネシアでも有数の大河、マハカム川のほとりにあるサマリンダは木材集積地として昔から有名な町だが、アスラヘロはサマリンダから更にマハカム川を十二時間も上ったジャングルの中にある。地図を見ても載っていない小さな基地。しかも、マハカム川では上流から筏《いかだ》を組んで木材を流す。いい加減な組み方をしているので、時々外れた丸太が流れて来る。だから、有視界航行しかできないのだった。朝六時に出発して午後六時到着予定。急ぎに急いでスピードボートで遡航《そこう》する。果たして、陽が暮れるまでにアスラヘロに着けるのか、アスラヘロには宿泊施設があるのか。行ってみなければわからないといういい加減さ。だが、俺はこの危うさが好きだ。まさに『地獄の黙示録』ではないか。上流に何があるのかわからない不安と期待。博夫は行く手に果てしなく続く大河を眺めて、一人満足の笑みを洩らした。

「何だか楽しそうだな、河合は」

城ヶ島が身を乗り出し、煙草を吸っている博夫の耳許で喋った。博夫は吸い殻を川に指で弾いた。

「俺がですか」

「出張って言われると、遊びに行くみたいに張り切る」

「何言ってるんですか。仕事ですよ、仕事に決まっている」

博夫は城ヶ島の揶揄《やゆ》を軽く受け流した。城ヶ島は真面目な顔になった。

「俺なんか、不安で堪らないよ。このボート、ちゃんと整備してるのかな。エンジンが故障して漂流でもしたらどうする。ここならまだいいが、上流になったら誰も助けてくれないぜ」

そう言っているが、城ヶ島は余裕の笑いを浮かべている。がっしりした体軀《たいく》に役者のような立派な目鼻立ち。長袖のワークシャツを着てカメラマンベストを羽織った城ヶ島は、白いタオルを襟元にたくし込んでカーキ色の帽子を目深に被っている。大きな工具箱の他に、貫禄のあるデイパックの中には抗生物質や非常食、飲料水が入っているはずだ。Tシャツにジーンズという軽装の博夫に比べ、三十八歳のベテランエンジニアは服装も態度も旅慣れていた。

城ヶ島は、獣道《けものみち》を三日歩いて到着する山奥でも、地雷の埋まった草原を渡る危険な場所でも厭《いと》わない。いや、むしろ難儀な場所ほど行きたがる。よく来てくれた、と現地の人間が喜ぶと意気に感じ、昔から住んでいた土地だったかのように誰とでも仲良くなる。単身で海外に来るエンジニアには、城ヶ島みたいな冒険家タイプが多い。

博夫は城ヶ島が好きではなかった。理由は、城ヶ島がすぐ土地や人間に溶け込み、感情移入するからだった。このトラックを買うためにこの村はどのくらい借金したと思っている、このバスを修理できなきゃ子供たちが学校に行けないぞ、ここで頑張らなきゃ俺たちが来た意味がないぜ。博夫はその都度、ごもっともと頷くばかりだ。

俺たちはプラグを売り、奴らはプラグが必要な車を買い込んで儲ける。もしくは生活を便利にする。需要と供給の関係に過ぎない。俺は決して城ヶ島のようにはなれない。この国に馴染みはしない。初めて見るものを面白がるだけだ。インドネシアという万事のんびりした国で、解放感に満ちて楽しくやっていこうと思っているだけだ。

「故障したら、城ヶ島さんが直してくださいよ」

博夫は遠い左岸の、一軒の水上住宅を眺めながら答えた。若い女が、紐付きバケツを川に投げ入れては水を汲《く》み、体を洗っている。どの家も、便所はひと目でわかる。小さな小屋が母屋《おもや》から川に向かって突き出ている。用を足した後は川からバケツで水を汲んで流すだけ。女は上流の便所を通って流れる水を浴びている訳だ。が、遠目で見るとやけに気持ち良さそうだ。

「おいおい、立ち泳ぎして修理すんのかよ」

城ヶ島は笑ったが、博夫を頼りにならないと思っている様子があからさまだった。

「泳ぎ、上手いんでしょう」

「上手くねえよ。適当なこと言いやがって」城ヶ島の目はもう笑っていない。「それに十二時間で着くのかよ。お前、暗くなってから川で迷ってみろ。辺りは真っ暗だぜ」

「俺に言われても困りますよ。行ってみなきゃわからないんだもの」

博夫は操縦士にスピードを上げるようにスロットルを開く真似をして見せた。操縦士がしたり顔で頷く。ボートは再び速度を上げた。蛇行した川に沿って、ボートも僅《わず》かに傾《かし》いで右に曲がった。城ヶ島が口を開く。

「河合は何しにジャカルタに来たんだ」

「行ったことないから、面白そうだと思って」

しょうがねえなあ。そう言いたそうに、城ヶ島は唇を尖《とが》らせた。やがてデイパックから年代物の一眼レフカメラを取り出した。城ヶ島の趣味は写真だ。城ヶ島は周りの風景を数カット撮った。

「おい、俺の写真撮ってくれよ」

城ヶ島は重いカメラを博夫に手渡した。ファインダーを覗くと、広角レンズの中に、笑ってポーズを取る城ヶ島が映った。その背に奥行きの定かでない灰色の空が広がっている。茶色い水平線の彼方には何もない。ファインダーを通して見た景色は怖ろしく心細かった。どんどん見知らぬ奥地に向かう実感がある。博夫は思わず子供のように息を呑んだ。おい、早く撮れよ、と催促する城ヶ島の声でシャッターを押す。ぶれているに違いないと思ったが、そのままカメラを返した。

「お前も撮ってやろう」

「いや、いいです。景色は心に写しますから」

「何、気障《きざ》なこと言ってるんだよ。帰って、かみさんに見せなよ。亭主はインドネシアでこんな冒険してきたんだぜって」

「いいですよ」

「何でだよ。さては女房に逃げられたな」

博夫の頭からストーンズが消え去り、代わって妻の姿が浮かんだ。ミロ。高校の同級生。俺は妻の世界から逃れ、単身でここに来ることを選んだ。いや、逃れたのではない。むしろ、より深く塡《は》まり込んでいる。

ミロとの付き合いは長い。都立高校二年の時、同じクラスだった。当時のミロは、母親を失ってまだ二年。だが、そんなことは知らなかったし、興味もなかった。村野ミロという同級生がいることも気付かなかった。俺はあまり学校にも行かずに、年上の女と遊んでばかりいたからだ。一番好きだったのは、七歳上の眼鏡屋の女。コンタクトレンズを作りに行って知り合った。

懐《ふところ》には親父から掠《かす》めた金。足りないかもしれない。俺はびくつきながら、駅近くの眼鏡屋に飛び込んだ。そもそもコンタクトにしようと思ったのも、女にもてると思ったからだ。俺は黒縁のださい眼鏡を掛けていた。いざ女と寝ようと思っても、外したら何も見えない。

『じゃ、検眼しようね』

女は最初から舐《な》めた口を利いた。いかにも眼鏡屋の店員らしく、洒落《しゃれ》たメタルフレームの眼鏡を形のいい鼻の上にちょこんと載せている。均整の取れた体付きなのに、灰色のベストとスカートを組み合わせた制服が全く似合わなかった。女優が借りてきた衣装を着て、下手な演技をしているみたいだった。その違和感が女を辺りから一人、くっきりと浮かび上がらせている。他の女店員は澄まし顔でガラスケースを磨いたり、熱心に接客をしたりして、店の風景に溶け込んでいるのに。なぜだ。俺は女をじっくり観察してわかった。とびきりの美人だったからだ。眼鏡の奥の目は俺好みの完璧なアーモンド形。眉は細く、顎が尖って口が大きい。俺の心はときめいた。女は俺を案内して、店の中に設《しつら》えられた螺旋《らせん》階段を上った。野暮な白いソックスに黒いサンダル。脚は案外太かった。階段を上る度にふくらはぎの筋肉が表れたり消えたりした。

『ここが検眼室よ。荷物はその上に置いてね。眼鏡外してくれる?』

俺は鞄《かばん》を籠《かご》に置き、おずおずと眼鏡を外した。もう何も見えない、女の顔も体も。女が俺に検眼用の眼鏡を掛ける。よりによって素敵な女の前で、こんな間抜けな姿になるのか。死にたくなったが、女は事務的だった。俺の横に座って、手早くレンズを取り替えながら、『これならどう』『こっちは』と俺に囁《ささや》く。女の温かい息が頰にかかる。何が何だか覚えていないほどだった。検眼が終わって自分の眼鏡を掛けると、前より女が一層はっきり見えるような気がした。やはり美人だった。女は眉根を寄せてカルテに何か書き込んでいる。女は俺の視線に顔を上げた。

『もういいわよ』

もういいのか。俺は良くない。俺はコンタクトレンズが出来上がる日を楽しみにした。その日は、朝早くから目が覚め、いつも遅刻する学校にも早く着いた。だが、女は店を休んでいた。俺は落胆し、もっと固執した。翌日、女を待ち伏せしたのだ。店の通用口から出て来た女は眼鏡を外し、紺のポロシャツにタータンチェックの巻きスカート、という俺の姉のようなつまらない格好をしていた。女の美貌が上品な服装と合い過ぎて、急に女の魅力が失せかけた。俺を突き動かしていたのは、俺を惨《みじ》めにさせる眼鏡屋にいる美人、というシチュエーションそのものだったのだ。しかし、俺は声をかけた。女は俺と知って意外な顔をした。

『あら、コンタクトどう』

『最高です。良かったらお茶でも』

後はいつものナンパと同じだった。女は十七歳の俺より七歳年上の二十四歳。それもあと二ヵ月で二十五になるところだ。自分に夢中になった高校生に、女は奢《おご》ってくれたり、時には偉そうに説教した。『そんな甘い考えじゃ世の中渡って行けないよ』

とか、『あんたは生意気過ぎるんじゃない』とか。俺は女の突っ張っているところも好きになった。可愛いと思った。俺は女に作って貰ったコンタクトを入れて女とデートし、女と寝た。俺の知っている年上の女の中でも眼鏡屋の女は一番の美人で、しかも一番年上だ。今思えば幼稚だが、高校生の俺はそんなことも嬉しかったのだ。

　俺はお袋の財布から始終金を抜き取ってはデートの費用を作り、万引きしては女にせっせと貢いだ。女は他愛ないものをひどく喜ぶ。小さな縫いぐるみとかスリッパとか玩具のようなアクセサリーとか。姉貴のティファニーの指輪を箱ごとかっぱらってプレゼントした時は、人前でぎゅっと抱き締められたほどだ。

　付き合って半年近く経ったある日、女が俺に尋ねたことがあった。その日の女はいわゆる「メランコリー」だった。女に根強い結婚願望があり、同僚の結婚でそれが刺激されたのは間違いなかった。

『博夫はどうして私が好きなの。あなたから見たら、私なんてババアじゃないの』

　もし眼鏡屋の女がババアだとしたら、俺はババアが好きなのだろう。俺には四歳年上の姉がいる。お嬢さん学校に通い、世俗的な母親にそっくりな模範生。禁欲的で瑕《か》疵《し》なく生きようとする。俺にとってはこれっぽっちも魅力のない女だ。だが、家に遊びに来る姉の女友達はそういう女ばかりではないこともわかっていた。表面は姉みたいに模範的な皮を被っていても、心は百八十度違う女がいる。その手の女は共振する楽器のように俺の誘いを受ける。そして、自分のイメージを他人が勝手に作っていると言っては笑い、自分が友達の弟の関心を惹いたということを面白がるのだ。

その手の女はまず目が違う。冷めていて熱い。例えば、姉のテニス仲間のN子がそうだった。N子は同じ大学に恋人がいる癖に、家で俺を見かけるとちらと視線を俺にくれる。無関心と関心を同時に表す視線。それがサインなのだった。サインをくれる女を俺は見逃さない。俺は女にこっそり連絡しては付き合った。女たちは俺を恋人にはしないが、適当に遊んでくれた。だから年上の女は俺と合う、同級生なんて目じゃない。俺にはあたかも人生の真理を発見したかのような自信と傲慢さがあったのだ。勿論、眼鏡屋の女には決して言わなかったが、女は敏感に感じ取ったのかもしれない。

『ババアじゃないよ。俺にとっては素敵な女だよ』

『だけどさ、博夫はまだ高校生じゃない？　稼げるようになるまで五年以上かかるじゃん。私、待てないよ』

俺は頭に来て俯《うつむ》いた。

『金を稼ぐのはそんなに偉いか』

『偉いよ』

女のひと言に俺は衝撃を受けた。更に女は言った。

『あなたのくれたものって皆、お父さんの稼いだものでしょう。あるいは盗んだもの。私は一人で東京に来て稼いで暮らしているのに、あなたは違う。何かこれって不公平』

そうかなあ、と俺は首を傾げ、次に不安になった。眼鏡屋の女は俺にもう飽きた、セックスもできない。振られる予感に怯え、俺は碌《ろく》にものも考えられなくなった。女の「メランコリー」は悪疫《あくえき》のように俺にも伝染した。俺は数日、学校を休んだ。

女にかまけているらしいというお袋の告げ口で親父にどやされ、仕方なく登校した時、俺の自転車の前を一人の女子高生が歩いていたのだった。それが村野ミロだ。ミロは標準服と言われている紺サージの制服スカートに大きめの紺のセーターを着ていた。白いソックスの後ろに泥跳ねの痕。泥は洗濯してもなかなか落ちない。歩くことが向いていないとでも言いたげに投げ遣りに歩くからだろう。ここにも登校したくない奴がいる。脇を擦《す》り抜けようとしたら、ミロが挨拶した。

「河合君、久しぶり」

同級生と知っていたが、咄嗟《とっさ》に名前が出なかった。いるのかいないのかよくわからない奴だ。確か村野ミロとかいう変な名前だった、と俺は思い出した。ミロは不機嫌な顔で俺に言った。

「あなたとあたしがクラスで一番欠席日数が多いんだって。知ってる?」

「知らない」俺は自転車を停めた。「お前もそんなに休んでいるのか」

「あたしもびっくりした。互いに知らないんだからおかしいよね」

「入れ違いに登校するのかな」

「きっとそうだよ。あたし、あなたの名前、最近まで知らなかったもん。先生に呼ばれて、お前はあの河合博夫と同じ日数休んでいるって言われて初めて知った」

こいつにも男がいるのか。俺は意外な思いでミロを見た。服装も雰囲気も真面目そうで遊んでいるようには見えなかった。どこか頑なな感じが鎧《よろい》のように全身を覆っている。もしかすると姉の友達にも潜《ひそ》むタイプかもしれない。皮を被って、心は百八十度違う奴。そう思って眺めたら、ミロは悪くなかった。まだ幼い顔付きなのに目が据わっていてアンバランスだ。そのアンバランスな気配が気になって仕方がない。何かありそうだ。俺は女の目利きだ。俺はミロを、「悪くない」から、魅力的な部類に昇格させた。ミロの速度に合わせて自転車の遅乗りをしていると、なかなか先に行こうとしない俺にミロが尋ねた。

「ねえ、河合君。学校行くの？」

「そのつもりで来たけど」

鞄にはお袋の作った弁当まで入っていた。ミロは立ち止まって、俺の顔をまっすぐ見た。正面から見るミロの顔は、化粧をしたらさぞ映えるだろうと、見る男をわくわくさせるものがあった。宝物が沢山埋まっている野原みたいなもんだ。

「学校行かないでさぼらない？」

「いいけど、あまり金がねえんだ」誘われて嬉しくなった俺は慌ててポケットを探った。千円札を一枚持っているだけだった。「千円しかない」

「あたしは二千円」

「映画も駄目だし、図書館なんて行きたくない。朝から公園なんてジジイじゃねえんだからさ」

「あたしの家に来る？　誰もいないから大丈夫」

ミロの誘いに俺はすぐ乗った。全く知らない女の同級生の家に行く。面白いじゃないか。そんな浮かれた気分だった。眼鏡屋の女のことも忘れかけ、俺は急いでミロの鞄を自転車の前の籠に投げ入れた。

「後ろに乗る？」

ミロは首を振った。仕方なく、俺はミロの横をのろくさ走りながら一緒に駅の方向
に戻ったのだった。今から十三年前、一九七八年の秋のことだ。
ミロの家は、駅の逆側の静かな住宅街にあった。これといった特徴のない家だが、
ひとつだけ人目を引くものがあった。誰も手入れをしないらしく、庭が異様に荒れて
いるのだ。雑草がはびこり、剪定《せんてい》をしていない庭木が塀の隙間から飛び出ている。蔓《つる》
草《くさ》が塀を伝い、母屋にも絡み始めている。俺の家にも小さな庭がある。お袋があれこ
れ手を加えたせいで、リビングの前には鉢が並んで名前の知らない花が絶えず咲いていた。それも鬱陶《うっとう》しいと思っていたが、ミロの家の庭にも、気圧《けお》されるものがあっ
た。
「ワイルドだな」
俺の呟きに、ミロはさり気なく答えた。
「母親死んだから、誰も構わないの。長い間病気だったし」
最近のことか。だから、こいつは学校に来ないのか。俺の中にミロに対する同情が
少し湧き上がったが、俺にとって母親は世俗と口煩《くちうるさ》さの権化《ごんげ》であり、羨ましい気もな
いではなかった。ミロが玄関の鍵を開け、自転車を庭に隠すように命じた。俺は玄関
横の木戸を開けて庭に回った。三十坪くらいの庭は雑草が茂り、木の枝が鬱蒼《うっそう》として

小さなジャングルのようだった。あちこちに置き忘れられたみたいに赤や黄色の薔薇《ばら》が咲いている。立ち枯れているのもあれば、今を盛りと咲き乱れているのもあった。目を奪われたが、庭は立ち入ることを拒むかのように丈高い雑草に覆われている。

俺は仕方なしに自転車を藪《やぶ》に突っ込み、ミロの後に続いて屋内に入った。きちんと掃除が行き届いていて、俺は何だか騙《だま》されたような気がした。庭みたいに荒れていたら解放区だ、放埒《ほうらつ》になれて楽しいかもしれない、と勝手に思い込んでいたのだ。

「こっちにおいでよ」

ミロがリビングから呼んだ。ソファで朝刊を広げている。

「誰もいないのか」

「うん、父親は仕事行ったしね。私はいつも一人」

「お前の父親ってどんな仕事してるんだよ」

「ヤクザみたいなもんね」

ミロは関心なさそうに言って新聞を閉じた。テレビを点けて、落ち着いた顔でワイドショーを見ている。俺もソファに並んで腰掛け、オレンジジュースを飲みながら一緒にテレビを見た。ミロの父親がヤクザだろうが何だろうが、俺には関係ない。ミロがどうして俺を誘ったのか、不思議でならなかった。テレビなら一人でも見られる。

寂しいのなら一緒にいるが、ミロはそういう様子を見せなかった。

「お前、寂しくないのか。たった一人でここにいて。だったら、学校に行った方がましかもしれないぜ」

「本当にそう思う？」

ミロは俺の誘導尋問には引っかからず、聞き返した。

「思わないな」

俺は首を横に振った。学校は楽しい場所ではなかった。服従と忍耐と勉強とを強《し》いられ、同級生と仲良くなることまでを強いられる不自由な世界だ。ほんの数人の、気が合う友達と会うためだけに行く。奴らだっていつも来ているとは限らない。俺の好きなものは眼鏡屋の女であり、女と一緒に歩く街だった。

「だけど、俺は家になんかいたくねえもの」

「あなた、この家嫌い？」

「そうでもない」俺はリビングから庭を見た。荒れ放題の庭には、そこかしこに薔薇。俺は柄にも似合わず、美しいと思っていた。「ていうか、好きかもしれない。どつか山の中に閉じ込められた気がする」

「あたしも好きなの。だから家にいるのがいい。ねえ、あたしと一緒にいるのが嫌なの」

「いや。何かしないと手持ち無沙汰で」

ミロが俺の目をじっと見つめた。冷めていて熱い。そこに見え隠れする関心と無関心。ああ、こいつもやはりあの手の女だ。間違いない。俺はミロの両腕を無理矢理押さえてキスをした。眼鏡屋の女もN子もいつだって化粧品の匂いがする。だが、ミロの全身からはリンスと石鹸と歯磨きと得体の知れない匂いが同時にした。動物の匂い。それも若いメスの動物。そう気付いた途端、俺は急に頭が爆発しそうになって口走った。

「やりたい。だけど、こんないきなりでいいのかな。いくら何でも手続きがいるんじゃないか」

「手続きって何よ」

ミロは余程おかしいのか、俺の腕から逃れるとソファに転がって爆笑した。標準服のスカートの裾からちらりと白い太腿が見えた。泥跳ねのあるソックス。

「つまりさ、まず好きって気持ちがないとまずいだろう。それからさ、お茶を飲んだり、映画行ったりして知り合ってさ」

ああ、何と馬鹿なことを口走っている。俺はうろたえた。同級生の女なんて小便臭いと端《はな》から相手にしていなかったから、思いもかけないミロの女振りに動転しているのだった。

「どうだっていいのよ、そんなことは。気に入れば後からやればいいの」

ミロは立ち上がって、奥の部屋に俺を引っ張って行った。そこは部屋の中央にダブルベッドが置いてあった。きちんとベッドメイクされていたが、誰かが使っている形跡がある。俺は部屋を見回した。頑丈なデスクの上には教科書もレコードも本もない。部屋全体から煙草の臭いがした。

「お前の部屋か」

「違う、父親の部屋」

「やばいよ」俺はびびった。「お前の部屋に行こう」

「ここがいいのよ」

ミロは厳然と言い張って、自らセーターを脱いだ。真っ白なシャツを着ていて、早くもそのボタンに指をかけている。

「何でだよ」

「どうしても」

だが、躊躇《ためら》う風にスカートのホックを外しかねて立っている。急に自信を喪失したように見えた。疑問が湧いた。

「お前、処女じゃないだろうな。俺は処女とはやらないぜ」

「何でそんなに偉そうに言うの。怖いから?」

ミロは目を弾ませて俺をからかいにかかった。俺が年上が好きなのは、女たちにどこか遊びの余裕があるせいだった。確かに、俺は同年代の女が怖いのかもしれない。修羅場を避けようとしているのかもしれない。ミロを好きなら最初の男になりたいが、俺にはまだその自信はない。ミロを全く知らないからだった。

「そうかもしれない」

「大丈夫。あたし、処女じゃないよ。だって、ここで父親と寝てるんだもの」

俺は耳を疑った。

「オヤジとやってるのか」

ミロは頷き、さり気なく付け加えた。

「でも、義理の父親だけどね」

俺の膝頭は震えていた。母親が死んだ途端、ヤクザの義父と寝ている高校生の娘。そのあまりのインモラルさに興奮したのだった。急にミロが艶《なま》めかしく感じられ、眼鏡屋の女やN子よりも遥かに年上の、成熟した女に思えた。村野ミロというのはこんな女だったのか。荒れた庭に咲き乱れる薔薇。何てエッチな女なんだ。俺はミロをベッドに押し倒し、焦る指先で服を脱がせた。ミロはあっという間に裸になるとベッドの中にするりと入って俺を待っている。俺は震えを押し隠し、学生服を脱いだ。高校生とやるのは初めてだ。だが、この女子高生は俺より凄いことをしている、しかも大人の男とだ。劣等感が湧いた。上手くできないかもしれない。俺は上がっていたが、どうしてもミロと寝たかった。

「お前、好きだよ」

俺はミロを抱き締めながら言った。ミロはぽかんとした顔で俺を見上げた。可愛い顔だと思った。その可愛らしさが怖ろしさを倍加する。

「どうして」

「だって、俺より凄いことしてるもの」

途端に、ミロは少し暗い目をした。

「凄いことなの？」

「そら、そうだよ」

俺は充血したペニスをミロの中に何とか納めようとしたが、なかなか入らなかった。痛がっているんじゃないか。さっきの話は嘘かと一瞬思ったが、ミロの目だけはそうは告げていなかった。父親に抱かれたベッドで、俺にやられて喜んでいるのだ。凄い女だ。俺は我慢できずに射精した。白いシーツに小さな血の染みが付いていた。

「初めてじゃないよね」

「まさか」

ミロは事も無げに答えた。俺は段々心配になってきた。

「大丈夫か。オヤジにばれるぞ」

「平気。あの人もこのことを知れば、きっと興奮するわ」

そう。俺も父親のことを聞いて興奮した。ミロの父親もこれを見て興奮する。果てしない欲望が次々と生まれていく。その種子はここにいる可愛い女。俺はまだ見ぬ父親とミロを共有しているような、穢《けが》しているような、そして嫉妬に囚《とら》われながらもまだ醒めやらぬ興奮を更に掻き立てられるような、何とも言えない摩訶《まか》不思議な感情を持った。生まれて初めての複雑過ぎる感情を持て余し、そんな感情を今自分が持っていることにも眩惑《げんわく》された。俺はミロとの関係に溺れるだろうと予感したのだった。すでに眼鏡屋の女とのありきたりな関係は、俺の脳裏から綺麗さっぱりと姿を消している。ミロの世界に取り込まれたと感じたのはかなり後のことで、その時の俺はミロの世界に入ろう入ろうとあがいていたのだった。

昼になると、俺たちはお袋の作った弁当を分け合って食べた。再びテレビを見て、午後からもう一度セックスした。今度は上手くいき、ミロは何度も大きな声を出した。ミロの反応を見る度、俺は嫉妬とも羨望とも付かない黒い感情に突き動かされた。いつまで経っても欲望が途切れることはない。今夜、ミロの父親はこのシーツを見て、ミロを抱くだろう、俺と違ったやり方で。ミロは違う反応をするのか。それを想像したら、気が狂いそうだった。

「そろそろ帰った方がいいわ」

裸で抱き合っていると、ミロが外を眺めて静かな声で言った。夕暮れ時で、庭は暗くなっている。薔薇は暗闇に溶けて見えなかった。俺は渋々起き上がって服を探した。ミロが小振りの乳房をシーツで隠して言った。

「明日学校に行くから、河合君も来て」

「お前が行くなら絶対に行く」

俺はすでにミロに夢中になっていた。

「屋上でキスしながら下を覗こう」ミロは笑う。「それとも体育館の裏がいいかしら」

「あそこはやばい。それよりプールの更衣室なら大丈夫だ。皆やってる」

「皆がやってるとこなんてつまらないじゃない」

「それもそうだな」俺はミロに気に入られたいと必死に考えた。「誰も通らない時の階段の踊り場はどう。上と下の視線が気になる」

「じゃ、新館の二階でやろうよ。あそこなら職員室が近いからスリルがある」

ミロは嬉しそうに言った。俺の知っているミロは決して暗い女じゃない。母親を失って悲嘆に暮れる少女でもなければ、義父に犯されて忍び泣く哀れな女でもない。むしろ、解放されたことを喜び、大人の世界に入ったことを認識している自由な女だった。眼鏡屋の女やN子よりずっと成熟し、もっと官能的だった。だからこそ俺を自由にしてくれたのだ。


「汗だらけだ」

操縦士がインドネシア語で博夫に忠告した。博夫は我に返り、辺りを見回した。右手の木場も、途切れることのなかった水上住宅も姿を消し、両岸は灌木《かんぼく》に覆われた背の低いジャングルが続いていた。マハカム川の泥や砂が堆積《たいせき》した赤茶色の平地。ボートは時速四十キロほどで巡航していた。疲労を感じて博夫は大きな欠伸《あくび》をする。腕時計を見ると午前十時前。サマリンダを出てから四時間近くも経っている。相変わらずの曇天だが、気温はかなり上がっている。蒸し暑い。うたた寝をしながら夥《おびただ》しく汗を掻いていたらしい。今現れたのは白日夢か、それとも思い出か。両手で額を拭う。操縦士が笑って博夫の方を見た。博夫は操縦し続けている男を労《ねぎら》った。

「あんた、疲れたんじゃないか」

「心配するな。俺は慣れている」

操縦士は簡潔に答えて前を見る。博夫の背中を城ヶ島が叩いた。振り向くと、青い顔をして腹を押さえている。

「操縦士にトイレストップを頼んでくれ」

「どうかしたんですか」

「何か当たったのかな。さっきから腹が痛いんだ」

「珍しい。城ヶ島さんが食い物に当たるなんて」

「馬鹿。冗談じゃねえんだよ」城ヶ島はむっとして言い返した。「お前、寝るなら俺と替われ。横でぐうぐう寝られたら、操縦士が可哀相じゃないか」

「すんません」

寝たくて寝たんじゃねえよ。それに腹の痛い奴が隣にいたって気が散るだけじゃねえか。そう思いながらも、表面は大人しく謝った。城ヶ島は、現地の人間にはいい顔をするが、疲れてくると目下の日本人を苛《いじ》める。つまりは外と内を使い分けてるってことさ。女房にも威張り散らしてんだろ。俺はお前のそういうところをとっくに見抜いていたんだ。博夫は内心むかつき、操縦士にどこかで停めてくれるように頼んだ。もう少し行けば小さな村があって船着き場がある、と操縦士は言う。もっと我慢すればコタ・バグンだ。そっちは大きな町だ、と。だが、城ヶ島は青い顔をして必死に痛みを堪《こら》えている。コタ・バグンまで無理だから、小さな村に上陸して茂みの陰で用を足すしかない。城ヶ島は焦《じ》れた様子で返事を待っている。城ヶ島は博夫よりインドネシア駐在が長いが、インドネシア語に熟達したのは博夫の方が早かった。

「もうじき小さな村があるそうです。その先、コタ・バグンという大きな町まで一時間だそうですが保ちますか」

「保つ訳ねえだろう。でも、その村に便所はねえだろうな」憂鬱な顔をした。

「ある訳ないですよ」博夫は口真似した。「水洗便所ならありますけどね」

「川か。この川の水でケツ洗ったら病気にならないかな」

まんざら冗談でもない口調で城ヶ島は川の水を見た。茶色の汁粉みたいな色は変わらないが、透明度は増している。博夫はマハカム川を逆に城ヶ島に汚されるような気がして、つい意地悪くなった。

「何が当たったんですかね。やはり、ピザでしょう」

「お前。嫌な奴だな」

城ヶ島は苦笑したが、それきり答えない。早朝、発つ前にホテルのレストランで食事をしたのだった。いくら二十四時間営業とはいえ、何もないだろうから弁当にしようと博夫は言ったのだが、城ヶ島は腹に入れて出なくちゃ嫌だと言い張った。レストランに向かったのが午前五時。ほとんど寝ていない博夫はコーヒーを飲んだだけで何も食べられなかったが、城ヶ島はピザがあると喜んで注文した。出て来たのは、チーズトーストの上に萎《しお》れたトマトを載せた怪しげな物だった。城ヶ島は旨そうに食いながら、博夫に忠告した。

『腹に入れなきゃ、どうしようもないぞ』

『あんまり寝てないんで腹が空いてないんです』

『夜遊びするからだよ』

城ヶ島の目は笑っていなかった。博夫は前夜、サマリンダ郊外の山の中にある売春宿に行ったのだった。それも少女専門のいかがわしい所だ。城ヶ島はそれを知って博夫を軽侮《けいぶ》したのだ。

「くそ。俺はこれまで食い物に当たったことなんかないのにさ」

城ヶ島は額に脂汗を浮かせ、悔しそうに言った。ざまあ見ろ。博夫は内心嗤《わら》い、左手に見えてきた貧相な船着き場を見遣った。近付くスピードボートを見て、村人が手を振っている。二十軒ほどの水上住宅が肩を寄せ合っている小さな村だ。船着き場には川エビ獲りの平たいカヌーが数艘停まっていた。ボートは減速し、船着き場に上手く横付けした。操縦士が投げたロープを、歯の欠けた少年が引いて棒に巻き付けてくれる。城ヶ島は慌てて上陸した。村人にトイレの場所を尋ねている。城ヶ島が船着き場のすぐ横にある住宅の、川に突き出た便所に駆け込んで行く。博夫は目を背《そむ》けて、煙草に火を点けた。物珍しそうに、村人が出て来て博夫を見つめている。整った顔立ちをした小柄な人たちだった。特に女が美しい。

「この後も川幅は変わらないのか」

博夫の問いに、インドネシア製の匂いのきつい煙草を吸っていた操縦士が答えた。

「ムアラ・ムンタイから狭くなる。オランウータンが見られるよ」

ムアラ・ムンタイという町で昼食を摂ることになっていた。あと三時間近く。博夫は空腹を紛らわせるために床に置いたデイパックから水を取り出して飲んだ。操縦士は肩をほぐす運動を始めた。時間を心配しているらしく、しきりと左腕にした金メッキの時計を覗き込んでいる。城ヶ島がのんびり戻って来た。

「参ったよ。だけどすっきりした」

「どうでしたか、便所は」

「あの山の中の歌舞伎町よっか何ぼかましさ。お前、よくあんな町に行ったな」

城ヶ島は船に乗り込むと、博夫の肩を叩いた。


その街は、バリクパパン空港からサマリンダに向かう途中の山道に突然出現したのだった。ジュースを売る飲食店が街道沿いに数軒並び、その奥に錆《さ》びたアーチが架かっていた。アーチの中は、芝居の書き割りのように似た店が両脇に十軒ほど並んでいる。暇そうな男女が白や黄色のプラスチック製の椅子を表に出し、明らかに異国人の博夫と城ヶ島が乗った四駆を好奇心丸出しに目で追っていた。

博夫は、ひと休みしたいと四駆の運転手に停めるように命じた。好奇心のなせる業《わざ》だった。博夫は城ヶ島や運転手と連れ立って、アーチの前にあるファンタやコーラ瓶が窓に飾ってある小さな店に入った。太った女がムームーのような木綿の薄汚いワンピースを着て、魚のカレー煮をぶっかけた白飯を食べている最中だった。瓶入りコーラを注文して城ヶ島は右手の仄暗《ほのぐら》い隅に消える。便所があるのだろう。入れ替わりに若い女がにやにや笑って現れた。博夫は店のベンチに腰掛けて、ファンタを飲んだ。

ホンダのバイクが土間に置いてある。太った女も若い女も口を利かずに、ただにやけた笑いを浮かべて博夫の様子を窺《うかが》っている。食べかけの飯に黒い蠅《はえ》がたかっていた。

『アーチの奥は何の店があるんだ』

博夫の問いに、運転手は曖昧《あいまい》な目をして答えずに車に戻って行った。博夫はファンタを飲み干して表に出た。隣の飲食店からも、男女が窓越しにこちらを観察しているのがわかる。居心地が悪かった。城ヶ島がいつの間にか横に立ち、カメラマンベストからバンダナを引っ張り出して手を拭いた。

『汚ねえよ。今までで最低の便所だ』

博夫と城ヶ島はアーチをくぐって街の中に入り、でこぼこだらけの白っぽい土くれの上を歩いた。草むらで、放し飼いの黒い鶏が二羽、赤い鶏冠《とさか》を立てて威嚇《いかく》し合っている。両脇の店から大きなテレビの音が聞こえてきた。若い男の乗った一台の黒いバイクがどこからか来て、自慢げに二人の周囲をくるくると回る。鶏のいる左手の家の窓から、まだ中学生くらいの女が笑いかけて博夫に手を振った。小さい顔は人形みたいに整い、どきっとするほど美しい。口髭《くちひげ》のある壮年の男が右手の店からわざわざ出て来て英語で尋ねた。

『あんたたち、どこから来たのか』

『日本だ』

『東京か』男はにやっと笑って手招きする。『こっちへ入りなさい』

男の手招きする家では、テレビが点けっ放しでビニールシートを敷いただけの板の間に、少女が数人寝転んでいた。全員、ゆったりした木綿のワンピースを着て博夫を見上げ、笑って手を振る。

『売春宿だな、要するに』

城ヶ島が顎に手をやった。それも年端《としは》のいかない少女専門の店だ。イスラム教徒は色街を共同体の外側に追い出す。何もない山の中に売春宿がぽつんとあるのは、ジャカルタでも同じだった。城ヶ島は吐き捨てた。

『夜来れば、この街も歌舞伎町くらいには見えるだろう。でもまあ、あの便所を思えばどうでもいいか』

城ヶ島は、客引きの口髭がなおも話しかけてくるのを無視して車に戻った。その後を付いて歩きだすと、鶏のいる家の窓から美しい少女が博夫に向かって手を振った。

夜、打ち合わせが終わって城ヶ島や現地の支配人らと別れた後、博夫は四駆の運転手に昼間通った山の中の売春宿に行くよう頼んだ。バリクパパンから来ている初老の運転手は一瞬嫌な顔をしたが、無関心を装った職業的な態度で押し隠そうとした。売春宿はサマリンダから三十分もかからなかった。サマリンダに来る時はどうしてこんな山の中に、と思ったが、サマリンダからはたいした距離ではないのだった。アーチの前で車を待たせ、博夫は乏しいネオンが瞬《またた》く街に入って行った。昼間はうらぶれて寂しげな場所も、夜は賑わっている。しとしとそぼ降る雨の中、白人や現地の男たちが数十メートルしかないメインストリートを、傘も差さずに少女を物色して何度も往復していた。博夫は迷わず、鶏のいた家の前に立った。例の少女が濃い化粧を施してつまらなさそうに立っていたが、博夫の姿を見て手を叩いて喜んだ。すぐに母親らしい太った女が飛び出して来て、愛想良く手を引く。博夫はその家に迎えられた。板の間にビニールシートを敷き、粗末なベッドを置いただけの部屋だった。

博夫は少女にペニスを舐めさせている。苦しげに呻《うめ》く少女の小さな頭を押さえ付け、腰を動かし続けた。陰毛もまだ生え揃っていない少女を貫く気はしなかった。せめて少女の心が大人よりも老けていたらまだいい。だが、少女は十五歳に見える外見よりも更に幼稚だった。まるで幼児のような心。博夫にとっての少女は成熟して官能的でなければならないのだった、十七歳の頃のミロのように。それは一種の才能で、才能のある少女とは滅多に出会わない。わかっているが追うことをやめられなかった。それがミロの世界に閉じ込められたことなのだ。博夫がやっとのことで果てると、さんざん顎を酷使されて精液を飲まされた少女は吐きそうになって床に蹲《うずくま》った。可哀相だったが労《いたわ》る気もしない。博夫は金を投げ捨てるように置き、すぐさま家を出た。生理的な満足感はあっても、虚しさに満ちていた。

ホテルに戻る途中、雨が上がった。未舗装路のあちこちに水溜まりが出来ていて、ヘッドライトにぎらりと反射した。マハカム川が見えて来た。折から月が出て、巨大な川を照らし出す。それでも対岸の明かりは見えなかった。雨上がりの湿った夜気の中で、博夫は前夜のことを思い出していた。

夕方、雨季特有の豪雨がジャカルタ市内を洗い始めた頃、カリマンタン支社から連絡が入って博夫と城ヶ島の出張が決まった。博夫は一人で会社近くのビールが置いてあるレストランで焼きそばと鶏のカレー煮を食べた。馴染みになった男の店員が、頼みもしないプテを持って来てくれた。ネジレフサマメノキ。空豆のような形の、ほろ苦い味のする木の実だ。素揚げし、熱いうちに塩を振ってレモン汁をかけて食べる。博夫は店員に礼を言った。何もすることのなくなった男は微笑したまま、ただ博夫の横に立っている。

レストラン前で拾ったタクシーは床に穴が空いていて、タイヤの巻き上げる雨の飛沫《しぶき》がいつの間にかズボンの裾《すそ》を濡らした。窓を閉め切っているので足元から入る風が気持ち良い。エアコンが付いているタクシーはジャカルタではまだ珍しい。こんなポンコツがよく、と呆《あき》れるくらいの車がよたよた走っている。交差点には必ず物乞いがいて、豪雨の中でもめげずにプラスチック椀《わん》を差し出すのだった。博夫は雨滴の流れる窓ガラス越しに、椀に溜まった雨水と底に沈む小銭とを眺めた。

クバヨランバルの自宅に戻ったのが午後八時。一年前から会社の裏にあった便利なアパートを出て、郊外の一軒家を借りている。住み込みの家政婦を雇いたかったからだ。インターホンからワティの間延びした声が聞こえた。

「おかえんなさい」

ワティが覚えた日本語はこれのみだ。あとは博夫のインドネシア語で会話する。だが、それで意思の疎通は十分だった。ワティはにこにこしているだけで、あまり話をしたがらない。ドアが控え目に開き、薄いブルーのTシャツに細身の黒いパンツを穿《は》いたワティが愛想笑いをして姿を現した。びっくりしたような大きな目をして、鼻がひしゃげている。小柄でリスみたいな顔。十七歳というのは嘘で、まだ十四歳くらいかもしれない。黒い髪を後ろで一本に束ね、効き過ぎた冷房のせいで薄茶色の肌に鳥肌を立てていた。博夫の帰宅時間が近付くと、暑がりの博夫のためにワティはこうして冷房をきつくする。ワティが背後に回ってスーツの上着を脱がせてくれた。博夫は飛沫で汚れたズボンの裾を指さした。

「クリーニングに出してくれ」

ワティは黙って頷いた。もういいよ、おやすみ。ワティはにっこりと笑って自室に向かう。これで今日の仕事は終わりだ、と足取りが弾んでいる。博夫はワティを呼び止めた。

「ワティ。明日から五日間出張だ」指で五を表す。「カリマンタンに行く」

ワティは頷いたが、その顔が輝くのを博夫は目の端で捉える。留守中に友達に電話をしたり、昼間っからテレビを見たりできるからだ。ワティは、会社の運転手の遠戚だというので雇い入れたチュチ（洗濯と掃除を受け持つ家政婦）だ。東ジャワ農村出身の十七歳。洗濯と家の掃除をして、有り余る時間を子供のように遊びながら博夫の帰りを待つ。料理人はコキと呼ばれ、逆に洗濯・掃除などはしない。コキとチュチ、庭師兼警備をする男のジャガー。日本人駐在員家庭のほとんどは、この三人を雇い入れている。博夫が若いチュチしか雇っていないことをとやかく言う社員もいるらしい。だが、そんなことはどうでもよかった。

博夫は自室で旅支度を始めた。ジャングルに入るためにいつもより念入りな装備をした後、博夫は素足にスニーカーを突っかけて窓からこっそり庭に出た。蔦《つた》の絡まるコンクリート塀に囲まれた広い庭は、雨上がり特有の地面から立ち昇る白い靄に覆われていた。濃い漆黒の闇と肌が濡れるのではないかと思うほどの湿気。芝は雨をたっぷりと含み、足音も吸い込む。博夫は足を滑らせないように注意して、台所横にある部屋の前に立った。

ワティはカーテンなど一切閉めずに無防備に暮らす。ワティは少し体を捩《ねじ》り、窓に背中を向けてテレビを見ていた。黄色いTシャツにオレンジ色のショートパンツを穿き、まるで小学生のような幼さで髪をいじくっている。長い黒髪はシャワーを浴びたせいで濡れたままだ。Tシャツの背中に黒い大きな染みが広がっていても、ワティは気付かない。十四インチのカラーテレビに見入っているからだ。木の椅子にだらしなくもたれ、簡易ベッドに両脚を投げ出して厚めの唇を半開きにしている。放映しているのは、インドの恋愛映画だ。ワティは仕事が終わった後はテレビを見て過ごす。本を読んだり手紙を書く姿は一度も見たことがない。大きな欠伸をし、思い出したように手元の櫛《くし》を取り上げて髪をとかす。もつれた髪で櫛が止まると、髪に櫛を留めたままでテレビを見つめる。大団円に向かって、主人公たちが踊りだした。ワティも頭を振ってリズムを取る。

博夫のパジャマの裾から何かぬめっとした冷たい生物が入り込んで股間まで駆け登

った。気持ち悪さに声を上げたくなるのを堪え、はたき落とす。小さなヤモリがスニーカーの間に転げ落ち、物凄い速さで芝に潜《もぐ》って消えた。

この日は映画が終わってもワティは寝ようとしなかった。椅子から立ち上がり、机の上から封筒を持って中を改め、ドアを開けて外に出た。博夫は走って部屋に戻った。窓から入って汚れたスニーカーをベッドの下に押し入れた途端、ドアがノックされた。

「どうしたの」

ワティがはにかんだ様子で立っている。さっきまでテレビの前で踊っていたんだろう。お前はインド映画が見たいから大事な話を後回しにしたんだろう。俺は皆知ってるんだ。博夫は本心を隠して優しく尋ねた。

「私の兄をジャガーとして雇ってくれませんか」

ワティは封筒からカラー写真を取り出して見せた。ピントの甘い写真に、ワティそっくりの若い男が木に寄りかかって笑っていた。ショートパンツにTシャツ。細い脚。黒い髪がやけに多く、人懐《ひとなつ》こい目をしている。

「悪いが駄目だ」

ジャガーが来たら覗き見ができなくなる。しかも実兄だ。ワティは珍しく抗議した。

「だけど、ジャガーがいないと危ないです。隣に泥棒が入った」見え透いた嘘を言う。

「一人しか雇えないんだ」

「明後日、兄がジャカルタに遊びに来るけど、泊めてもいいですか」

「駄目だ」

博夫は首を振ってドアを閉めた。留守中に他人を家に入れる訳にはいかなかった。しかし、臍《へそ》を曲げたワティが出て行くのは嫌だし、甘い顔をして既成事実を積み上げられても困る。どっちつかずの落ち着かない気持ちを抱えたまま、ベッドに入った。博夫は眠りに落ちるまで、足元から股間に這い上がるヤモリの感触を思い出して何度も身震いしたのだった。


遡航は続く。コタ・バグンを通過したのは午前十一時半。船旅に飽き、体が痛くなり、もう駄目だと立ち上がりたくなった頃に、ムアラ・ムンタイに到着した。サマリンダから二百二十キロ上流の町。桟橋に近付くにつれ、小舟や定期船、ハウスボート型の観光船の姿が目立った。川沿いには大きな市場があり、ランニングシャツの男やスカーフを巻いた女が忙しそうに働いていた。ホテルの看板も見える。

「ここまで我慢すりゃ良かったな」

城ヶ島が町にカメラを向けながら独り言を言った。さっきは洟らすって泣きそうだったじゃねえか。博夫は笑いを堪える。マハカム川沿いの町で、サマリンダに次ぐ大きさだというムアラ・ムンタイは予想を遥かに超えて賑やかだった。夥しい水上住宅の群れ。水上に板を敷き詰めて作った歩道の上を、人々がのんびり歩いている。バナナ、マンゴ、ランブータン、色とりどりの果物やチキンや飲み物を売る屋台。白人観光客の姿もちらほら見えた。これならビールが飲めるかもしれないと博夫は期待した。突き出た桟橋に碇泊《ていはく》した後、操縦士は行き付けの店でもあるのか、さっさと姿を消した。博夫と城ヶ島はマハカム川に面したレストランに入った。入り口で炭火をおこし、店のすぐ前の川で釣った川魚やエビを焼いている。川に面したテラスに陣取り、博夫と城ヶ島は名物だというエビ料理を頼んだ。ビンタンはなかった。博夫は店内を眺め渡す。客は皆、男だ。料理人もウェイターも男。塩焼きのエビ料理が来た。空腹だったので旨かった。城ヶ島も具合が良くなったのか、健啖《けんたん》を示している。博夫が煙草に火を点けると、「見ろよ」と城ヶ島が川を指さした。エビを釣っている店の男たちの横に幾つもの便所があり、そこに子供たちが入っているのが見える。

「ガキの糞《くそ》を餌にしている」

「道理で旨い訳だ」博夫は苦笑した。「城ヶ島さんもここですれば良かったのに」

「だったら、お前食えるか」

「嫌だな。若い女のならいいけど」

城ヶ島はエビ釣りの情景にカメラを向けたが、その前に一瞬、複雑な顔をしたのを博夫は見逃さなかった。

「お前は好きだな」

「何が」

何でもねえよ、と城ヶ島はとぼけた。だが、ワティのことを当て擦《こす》っているのだろうと博夫は見当を付けた。自分が駐在員の間で密かにロリコン野郎と呼ばれていることを承知していた。あんなに年上の女が好きだったこの俺が、今はロリコン野郎だ。

アスラヘロは、ムアラ・ムンタイから上流へ百二十キロ、ムラッという町を過ぎて支流を分け入った先にある。四時間以内で到着できるか。すでに二時を回っている。

昼食を終えて、すぐに出航した。桟橋の前に群がる小舟や定期船を掻き分けて川の中央に出ると、これで文明ともお別れだ、と名残惜《なごりお》しい気がした。川幅は急に狭くなり、両脇に深いジャングルが迫っている。操縦士は速度を落とし、注意深く辺りに目を配りながらボートを進ませる。最初の頃の浮かれた気分は消え、気持ちが鎮静していく。ジャングルには木蛭《きびる》、サソリ、蛇、蚊。上流には鰐《わに》がいると言う。行く前にさんざん脅されたことどもを思い出し、博夫はいっぱしの探検家のような目に遭っている自分が信じられない。席を替わった城ヶ島は博夫のことなど眼中になく、助手席で景色の撮影に忙しい。博夫は後部座席の床にごろりと横になった。エンジンの唸りと共に、水が船底に当たる音が直接体に響いてくる。俺の体の下には豊かなマハカム川の水がある。その中には沢山の生物が潜む。鬱陶しさと思うにならない苛立ちを感じて、博夫は横たわったまま空を仰ぎ見た。ミロの家の庭を初めて見た時と似た感覚があった。空は相変わらずの曇天だった。東京の梅雨時と同様の蒸し暑さだ。

珍しく、川下り中の観光船と擦《す》れ違った。観光船は最新のハウスボート型で、白人男女が八人くらい乗っていた。半裸の男たちが親しげに手を振る。操縦士が振り向き、あいつら物好きだな、と言いたそうに博夫に片目を瞑《つむ》ってみせた。顔を上げた博夫に、白人の中年女が笑いかけた。ノーブラらしく、Tシャツを通して垂れた乳房や緩んだ腹が窺えたが、気にも留めていない。あいつらはマハカム川を楽しんでいる。だが、俺はもうこの川に飽きた。うんざりだ。いい加減にしやがれ。博夫は再び床に寝転んだ。オランウータンがいるぞ、と叫ぶ城ヶ島の声が聞こえたが、博夫は知らん顔をした。ジャングル・クルーズじゃねえんだ。博夫はさっきからワティの申し出について考えていたのだった。兄ではなく、他人をジャガーとして雇った方が面白いのではないか。万が一、ワティと雇ったジャガーが恋人同士にでもなれば、俺は興奮できる。二人を監視する愉しみ、覗き見する愉しみ。何よりもワティが成熟する。ワティが気に入らないのは子供過ぎるからだった。博夫は愕然とした。自分の性的興奮のために他人を玩具のように使おうとしている。だが、それこそがミロが俺にしたことではなかったか。

ミロの家に行った翌日、俺は教室でミロを待った。ミロはホームルームの途中から遅刻して来たので話す暇はなかったが、俺の顔を見て笑った。ミロの席は窓際の後ろ。俺は廊下側の後ろ。俺は窓の外を見る振りをして、さり気なくミロを観察した。ミロは昨日と同じ服装をしていた。シャツは取り替えたのか。ソックスに泥の染みはないか。塞《ふさ》いでいる様子はないか。俺は、ミロが嫉妬に狂うオヤジに何かされたのではないかと心配で堪らなかったのだ。俺自身の煮えたぎるような嫉妬もそこにはあった。

休み時間に俺はミロに手で合図した。ミロは素直に廊下に出て来た。ミロは寒そうに腕組みし、セーターの袖口をマフ代わりにして互い違いに手を入れていた。俺はミロの手を強引に引き出して握った。冷たい手だった。通りかかった級友が、驚いたように立ち竦《すく》んで俺たちを見た。ミロは俺に握られた手を引っ込めようとしたが、俺はきつく摑んで放さなかった。あいつらは出来てる、とすぐさま噂が流れるだろうと思ったが、俺には抗《あらが》いようのない力が働いていてどうしようもなかった。

「心配だったんだ」

「何が」

「オヤジのことだよ。平気だったか」

「平気って？」ミロは俺を試すような目で正視した。「何を聞きたいの」

すでに俺はミロの落ち着きに負けていた。俺は必死に言葉を探した。

「ばれなかったかってことだ」

「それはばれたわよ。すごく怒ったわ」

当然、俺の名も出ただろう。俺は初めて大人の男が怖いと思った。ミロは口許に薄笑いを浮かべた。

「でも、喜んでもいるの。あたしにだけはわかるの」

わかるということは互いの感情が感応し合っているということだ。どうしてわかる、と問い質《ただ》したくなったが、俺は唇を噛み締めてやめた。ミロの言うことがすべて嘘でも作り話でも、俺は構わないのだった。要は、こんなことを考えているミロの心の在り様が問題なのだから。淫《みだ》らさで俺は到底敵いっこないのだから。そして、俺はその淫らさに強烈に惹かれているのだから。始業のベルが鳴る。俺は慌ててミロに懇願した。

「その続き、昼休みに聞かせてくれよ。一緒に弁当食おう」

俺はもう年上の女と遊んでいた頃の俺とは違う人間になった。ミロの虜《とりこ》だった。昼休みが待ち遠しくてならない。授業中は、ミロとまだ見たことのない中年男が俺たちの汚したシーツの上で激しく絡み合っている様を妄想し、ペニスを固くし続けた。こんなに授業が退屈で長いと感じたことは未だかつてない。昼休みのベルが鳴った途端、俺は教室を飛び出した。廊下で焦れて待っていると、ミロが弁当の小さな包みを持ってのんびりやって来た。俺たちは屋上の隅に行って、弁当を開いた。ミロの弁当は自分で作るのか、小さな握り飯がふたつとウィンナーソーセージ二本のみという粗末なものだった。それにひきかえ俺のは、彩り良く唐揚げやほうれん草や卵焼きやポテトサラダなどが入っていて、幼稚園児の弁当そっくりだった。俺が学校に行きたがっていると知って、お袋がやけに力を入れて作ったせいだ。俺は恥ずかしくなって蓋《ふた》を閉じた。珍しく食欲もなかった。

「お前のオヤジ、何時に帰って来たんだ」

「十一時くらいかな」

「どんな奴で何をしてるんだって」

ミロはどう言ったものか、という具合に唇を歪めた。これは俺の好きな癖のひとつだった。

「暴力団の調査屋。人の弱みばかり調べ回る仕事よ。昔は週刊誌の記者をしていて、あたしの母親と知り合ったって聞いている。だけど、あたしの母親は違う男との間に子供を産んでいたの。未婚の母の走りよ。それがあたし。あたしの実の父親はとっくに死んだから、父は母親とあたしを引き取って結婚したんだって」

「お前はお母さんに似てるのか」

「似てる」ミロはきっぱりと肯定した。「そっくりだって言われる」

「じゃ、俺もお前のお袋とやりたかった」

「馬鹿ね」

ミロは笑ったが、俺は本気だった。そういうことなのだ。ミロの父親はミロにお袋の幻影を見ているのだ。

「お前、母親の代わりにされてるんだぞ。腹が立たないのか」

「少し違う。だって他人の代わりをすることなんて絶対できっこないもの。あたしはあたしだもの」

ミロは握り飯を食べながら、どうして俺が激昂《げっこう》するのかわからないという風情で首を傾げた。俺はミロに、そんなことも理解できないのか、何て幼いんだと思われているような気がして自信をなくしかけた。

「オヤジはきっと悲しくて取り乱しているんだ」

「その時期は過ぎたわよ」

ミロは他人事《ひとごと》のように冷たく言い放った。

「お前はオヤジが好きなのか」

「そんなに好きじゃない。あたしだったら結婚しないな。真面目過ぎる」

「じゃ、どうして寝るんだよ」

「エッチだからに決まってるじゃない」

ミロはそう言って俺の顔を見つめた。その目に軽蔑が見え隠れするのを見て、俺はうろたえた。俺が嫉妬しているのがばれる。俺がミロを独占したがっているのがばれる。女の経験がある、といつも友達に自慢している俺が幼稚だとばれる。怖ろしかった。

「聞きたい?」

ミロはさっさと食べ終わった弁当の包みを丁寧に畳んで紙袋に入れた。俺が頷くと、ミロは話し始めた。

「初めて寝たのは今年に入ってからよ。父はあたしの母親を愛していたから一年以上は元気なかったわ。あたしもそう。母を失った時は中学三年でまだ子供だったから、独りぼっちになってしまったことが悲しくもあったし、あたしを誰が育ててくれるんだって心細い思いもあった。心配する伯母に向かって父が育てると言い張ったけど、あたしは父を心の底から信頼はしてなかったのね。だって、昔からあの人はあたしの母にしか目をくれなかったもの。あたしのことなんてどうだって良かったの。あたしは母の付属物だったのよ。でも、それが逆に良かった」

「どういうことだよ」

俺には想像も付かない境遇だった。俺はずっしりと飯の詰まった冷えた弁当箱を膝の上に置いたまま、ミロの話に耳を傾けていた。

「他人だと思いながら一緒に暮らしているから、いろんなものが生まれてくるのよ。

疑いとか、遠慮とか、思い遣りとか、それとも違う、とっても変な何かが。

去年の秋、あたしは妙なことに気付いたわ。夜中に父親があたしの部屋に入って来ることに。父はベッドの脇であたしの寝顔を見て、静かに部屋を出て行くの。暗闇の中でも、寝ぼけていても、あたしは匂いでわかるの、父が入って来たって。整髪料やアルコールや煙草や街の匂い。父のスーツからはいつも街の匂いがした。新宿の匂い。ヤクザの匂い。快楽の匂いと言ってもいいわ。埃《ほこり》や喧嘩やセックスやお金。大人の男の匂いがするの。あたしの知らない世界。母も知らなかった世界よ。でも、父は何をする訳でもなく、枕元の小さな照明であたしの顔をじっと見ているだけなのよ。忙しくてあたしと碌に話ができないから、その罪滅ぼしなのか、死んだ母親が恋しいのか、あたしに興味があるのか、その全部か、はっきりとはわからなかった。そういうことよ、他人といるって。でも、あたしには通じるの。父はあたしに何かを求めているんだって。だから、ある晩、あたしは裸で寝てみたの。父が入って来た時、自分でさっと毛布を剝いだわ。そしたら、父が驚いてこう言った。

『俺はそんなつもりじゃないから服を着なさい』

あたしは父の目を見た。

『じゃ、どんなつもりなの』

『寝顔を見たいだけなんだ』

父は僅かにうろたえて、あたしの裸を見ないようにしていた。父はあたしの体の上にそっと布団を掛けて部屋を出て行った。あたしは何だか嫌な気分だった。毎晩勝手に入って来て、それ以上踏み出そうともしない。臆病な癖に自分勝手。あたしは父に対してすごく腹を立てた。父は翌朝、真面目な顔で言ったわ。

『あんなこともう二度とするな。お前は俺の娘なんだから』

『つまらないこと言わないでよ。他人じゃないの』

あたしはそう言い捨てて学校に行った。父の表情は知らない。見なかったから。

その夜、父はまたやって来たわ。あたしは知らん顔で寝た振りをしていた。父は躊躇った挙げ句、あたしのパジャマの上着のボタンを外し始めた。一歩踏み出したのよ。あたしは裸にされたまま、目を瞑ってしばらくじっとしていた。父は何もしないで見ていた。時間にすれば五分もないくらい。それから、また優しく着せてくれて部屋を出て行った。そんなことがずっと続いたわ。でも、話はしなかった。

今年に入ってからのことよ。とても寒い晩だった。父があたしの唇にキスしたのは。あたしが瞼《まぶた》を開こうとしたら、父はあたしの目を両手で塞いだ。お人形なんだ、とあたしは思ったの。若い母にそっくりのお人形なんだって。傷付いたりしなかった。むしろ気楽だった。父が求めているものがやっと姿を現したから。父はその次の日、母のスカーフを持ってあたしの部屋に入って来た。あたしの目をスカーフで柔らかく縛って塞いでから、服を脱がせて体に触るようになったのよ。胸に触り、それからおなか。毎日、ほんのちょっとずつエスカレートしていくの。五分が十分になり、三十分になった。

あたしと父は夜中の遊びに夢中になったわ。あたしは朝寝坊するようになって遅刻も増えた。つい、学校もさぼりがちになる。朝、遅刻しそうになって慌てて下に降りて行くと、すでに着替えた父がコーヒーを飲んでいる。父は怖い顔であたしに怒鳴るのよ。『遅刻するな』って。『うるさいわね』ってあたしは言い返す。お互いに夜のことはおくびにも出さない。それもゲームの内なの。あたしたちは朝は親子ごっこをし、夜中はエッチな遊びに夢中になるの。

ある晩、父はなかなかあたしの部屋に現れなかった。あたしは待ちくたびれて階下に降りた。あなたと寝たあのベッドよ。父は酔って熟睡していた。あたしはパジャマを脱ぎ捨てて父の横に潜り込んだの。温かくて気持ち良かった。シャワーを浴びたせいで、父の体から街の匂いはすっかり消え失せていた。あたしは父から漂う外の気配が好きだったから、何だか違う人のように感じられたわ。でも、両親の寝ていたベッドで父と寝ていることに少し興奮していた。父は無意識にあたしを抱えるように抱いて、抱き締めたり胸に触ったりしたわ。それから裸のあたしに驚いて目を覚ました。

『お前か。びっくりした』

あたしは父の腕の中ではっきり聞いたわ。

『誰と間違えたの』

父は答えなかった。ただ困惑したような顔をして、あたしをぼんやりと見ているのよ。それから涙ぐんだ。

『お母さんに会いたいの？』

父は答えなかったけど、あたしにはわかっていた。それは真実だって。あたしは小さな声で囁いた。

『裏切り者』

だってそうじゃない。言うなれば、あたしと父は死んだ母を間に挟んで遊んでいたのよ。なのに、父は遊んでいることを本当は悲しんでいる。それって遊び相手のあたしに失礼じゃない。父はTシャツとトランクスを脱いだわ。今まで一度もしなかったことをあたしにさせた。ペニスを舐めさせたのよ。あたしたちは父のベッドでセックスしたわ。それから毎晩、あたしは父のベッドで寝ることにしたの。父のベッドはすなわち、母と父が寝ていたベッドよ。あたしを抱けば抱くほど、父は傷付くの。でも、やめられないの。可哀相だとは思わない。だって素敵なんだもの。あたしはそれがわかっていたから父に聞いたことがある。

『あたしを抱いているとお母さんを抱いているような気がするの？』って。

『最初から違うよ』父は言った。あたしは嘘だと知っている。でも、父は口籠《くちご》もって言ったの。『お前の方が女そのものだと思う』

『あたしの方が好きだってことなの？』

父は何も言わなかったけれども、あたしはもしかしたらそうかもしれないと思うこともあるし、間違っていると思うこともある。父は母を愛していた。父はあたしを愛してはいない。父はあたしが大人になったら、愛するようになるかもしれない。でも、そんなことはどうでもいいの。なぜなら、あたしは父を愛してはいないんだもの」

だけど、エッチだから寝るのか。俺は大きな溜息を吐《つ》いた。とんでもない女を好きになったのかもしれないことに、心底怯えていたのだ。どの女もミロには太刀打ちできないだろう。この時、引き返せたら良かった。だが、俺は昨日の顚末《てんまつ》を聞き出したくて仕方がなかった。それはすでに、俺がミロの世界に取り込まれていた証拠だった。俺はミロが話す間じゅう、勃起していたのだ。屋上の冷たいコンクリートの上でミロを押し倒したくなるのを必死に我慢していた。

「ゆうべはどうしたんだよ」

「どうしても知りたいのね」

ミロは苦笑し、腕時計を覗いた。男物のごつい腕時計だった。オヤジのじゃないか。俺にはどんな些細《ささい》なことでも嫉妬の対象になった。だが、ミロは俺の懊悩《おうのう》にも気付かず、唇を舐めて再び話し始めた。

「父はいつも十一時頃に帰って来るの。新宿に事務所があるのよ。あたしはとっくにお風呂に入って、自分の部屋でヘッドホンでレコードを聴いていたの。あなたと寝たベッドはあのままよ。シーツはくしゃくしゃで小さな血の染みまである。あたしはわざと放っておいた。父に嫉妬《やきもち》を焼かせたかったの。でも、いくら待っても父は部屋に現れなかった。あたしを呼びにも来ない。夜中になっても音沙汰がないからつまらなくなって、あたしは自分から階下に降りて行った。下は暗かった。父はあたしを待たずに寝てしまったのかと、がっかりしたわ。正直に言うと、あたしは父がもっと反応してくれるかと期待していたのよ。階段の途中から部屋に戻りかけたら、台所に明かりが灯っているのに気付いた。覗くと、父が台所のテーブルでウィスキーを飲んでいた。ネクタイは緩めていたけど、まだスーツを着ていた。帰ってから何時間も経つのに、ずっと同じ格好をしているのよ。あたしは父のスーツ姿が好きなの。父は見たことのない新しい服を着ていた。灰色で細かい白い縞《しま》があって、柔らかなウール。ヤクザには勿体《もったい》ない服よ。ネクタイも服に合った黒地に白と灰色の小さな模様が入っているのだった。いつもより素敵だった。だから、あたしは褒《ほ》めたの。

『お父さん、そのスーツいいじゃない』って。『どうして着替えないの』

父は目を上げてあたしを見た。不機嫌に煙草を潰した。

『まだ起きていたのか』

『お父さんこそ』

『今日、誰か来たのか』

『同じクラスの男の子』

父は何も言わずに両手に顔を埋《うず》めたの。嫉妬して苦しんでいるんだってわかったから、いい気味だと思った。あたしは死んだ母親に嫉妬しないわ。父があたしを母親の人形に見立てて抱いたって嫉妬なんかしやしないし、絶対に傷付かない。あたしは父を愛してないから。でも、父は嫉妬という代価を払うの。だってあたしは若いんだもの。若くて格好いい男の子といっぽい寝るんだもの。父は一生、嫉妬で苦しむの。あたしは先にベッドに行ったわ。父がやって来て悲しそうな顔をしながら上着を脱いで、ネクタイを取った。酔っていて、足元がふらふらしていた。

『どんな男だ』

『遊んでいるって噂があるのに勉強もできるし、女の子にもてる』

あたしがあなたのことをそう言うと、父は嫌な顔をした。

『お前も好きなのか』

『まだそれほどでも』って答えた。そしたら父はあたしの目を見て真剣に尋ねたわ。

『どうやって抱かれたんだ』って」

ミロはいったん言葉を切った。続けようとするミロを俺は遮《さえぎ》った。

「それ以上言うなよ。俺はもういい。沢山だ」

「だって、聞かせてくれって頼んだのはあなたじゃない」

ミロは穏やかな声で答えた。

「そうだ。でも、俺はお前とオヤジのゲームの駒じゃないよ。それに、オヤジに嫉妬させる道具でもない」

怒りのあまり、俺は弁当を持ったまま立ち上がった。格好いいことを言ったが、本当のところはミロが父親に俺が好きかと尋ねられ、『まだそれほどでも』と答えたことに傷付き、俺をオヤジに払わせる代価程度に思っているミロに腹を立てていた。俺はそのくらいミロという初めて会う女に眩惑され、ミロの世界に興奮し、それ故にミロにないがしろにされることに慣れてはいなかったのだ。ミロは俺の激怒に唖然とした顔をしていたが、すぐさま怒鳴り返した。

「勝手な人ね。人にさんざん秘密を喋らせておいて」

「秘密?」俺は呆れてミロの怒った顔を見た。怒った顔も悪くないと思う自分に嫌気が差しながらも辛《かろ》うじて言った。「他人にぺらぺら喋って興奮することがお前らの愉しみじゃないか。最低だよ」

「じゃ、そう思ってればいい。あなたとはもう二度と会わないよ。この話は忘れてちょうだい」

ミロは言い捨ててさっさと歩きだした。ちょうど予鈴が鳴った。ミロは後ろも見ずに屋上から去って行く。俺は頭にきて、教室になんか帰るものかと非常階段を駆け降り、自転車置き場に向かった。そして、インベーダーゲームのある喫茶店に行って時間を潰し、午後の授業をさぼった。六時過ぎ、俺は自転車で駅前の小さな商店街をうろついていた。木枯らしが吹き始めた寒い秋の夕暮れ時、遣り場のない悲しみが俺を捉えて放さなかった。魂を奪われるほど好きになりそうな女が義理のオヤジと出来ていて、二人で俺をコケにする。二人の道具にされる。だが、その淫らさが、俺は気も狂わんばかりに好きなのだ。どうしたらいい。

『あなたとはもう二度と会わないよ。この話は忘れてちょうだい』

忘れられるのは俺が死ぬ時だ。わかって言ってるのか、畜生。俺は自暴自棄に近い感情に操られ、いつの間にかミロの家に自転車を走らせていた。インターホンを押すと、ミロの低い声が聞こえた。

「俺だ。さっきは悪かった。許してくれ」

俺はインターホンに向かって叫んだ。玄関のドアが勢い良く開き、ジーンズを穿いたミロが顔を顰《しか》めた。

「隣近所に聞こえるじゃない」

俺はその機会を逃さず、ミロを抱き締めた。

「悪かったよ。許してくれ。オヤジとのことが本当でも嘘でも、お前がど淫乱で、虚言癖があっても盗癖があっても何でもいい。付き合ってくれよ」

「どうして」ミロは俺の目を見た。

「好きになったからだよ」

「たった一度寝ただけじゃない」

ミロは苦笑して、俺を請《しょう》じ入《い》れて背後でドアを閉めた。家の中はしんと冷えて、夕刻だというのに、普通の家のような夕餉《ゆうげ》の匂いは全くしなかった。

「関係ない。お前とはこれから死ぬほどいっぱいやるからいいんだ」

俺はミロの手を引いて父親の部屋に入った。ひんやりとして、煙草の匂いが染み付いていた。

「オヤジは何時に帰る」

「さあ。十一時くらい」

ミロはデスクの上にある時計を見て答え、首を傾げた。まだ七時前だった。二回できる。俺はミロの服を脱がせにかかった。昨日から俺がそれしか考えられないこと。振り払っても振り払っても頭を去らないこと。ミロと寝る。ミロは抗わずに服を脱がされている。俺はミロが陶然《とうぜん》としているのに気付いた。

「オヤジはこうやって脱がしたのか」

「パジャマはもっと簡単よ」

ミロは笑った。悪魔め。俺はミロの横っ面を張りたくなる気持ちを抑える。が、同時に可愛がりたくて堪らない。この張り裂ける気持ちをオヤジも抱えているのだろうと思うと、連帯感のようなものも湧いてくるから不思議だった。俺はオヤジとミロを共有しているのだ。オヤジは俺の影であり、幻の俺自身でもある。オヤジがミロにしたことを聞いて俺は勃起し、俺のしたことを聞いてオヤジは興奮する。俺はもどかしい思いで学生服を脱ぎ捨てた。シーツには昨夜の染みはない。ミロの話は嘘なのか。本当はすべて作り話で、オヤジが帰る前に新しいシーツに取り替えたのではないか。俺の頭を一瞬疑念が過《よ》ぎったが、今はミロの「作り話」の方がずっと魅力的だった。俺はミロの下着を剝ぎ取って、いきなりキスをした。口の中に舌を強引に差し入れ、両手で乳房を握る。

「どうやってオヤジはお前を抱くんだ」

俺はミロに尋ねた。ミロが伏し目がちになって横を向く。俺は顎を摑んで俺の方を向かせた。

「答えろよ。どうやって抱くんだ。こうか」

「言わない」

ミロはゲームに慣れている。俺もいずれ慣れていくだろう。それに、俺はもうミロのオヤジを怖れていない。なぜなら、俺も大人の男になったからだった。

俺は、週のうち三日はミロの家に入《い》り浸《びた》っていた。が、オヤジに出会ったことは一度もない。俺が上手く避けていたせいもあるが、オヤジの方もあらかじめ俺の行く日を知っていたからだろう。朝早く出て夜遅く帰る、そのパターンもほとんど崩そうとしなかった。ミロの家は、月、水、金に手伝いの者が来る。だから、俺は火、木、土の三日間、ミロの家に行った。他の日はミロが俺の家に来たり、二人で街を彷徨《さまよ》って遊んだ。傍目《はため》には、至極仲のいいカップルに見えたはずだ。実際、そうだった。ミロは、知れば知るほど俺を魅了する、世にも稀《まれ》な女だった。

だが、俺の頭からどうしても離れない暗い影は、勿論オヤジの存在だった。村野善三。ヤクザの調査屋。当然、オヤジも俺の名を知っている。河合博夫。ミロの同級生で恋人。俺たちはミロという星を分け合う夜と昼だった。ミロが俺に優しくて、昼の俺がミロのすべてを支配しているのではないかと思うこともあったが、それは錯覚に過ぎないのだ。夜になれば、ミロはオヤジの元に帰って行くのだから。そして、ミロはオヤジに報告するのだろう。俺がミロと何を話して、何をして、どんなセックスをしたかを。逆に、俺はミロに会えば必ずオヤジのことを聞き出す。オヤジは何時に帰って来た。二人で何の話をした。一緒に寝たか。ミロがあの魅力的な癖、唇を歪めて言葉を探す間、俺は緊張しながら待っていた。今度はどんなことで傷付く。あるいは安堵《あんど》するのか。実に怖い瞬間だった。

『ゆうべは遅く帰って来たから、あたしは先に寝ちゃった』

そう言われた日はほっとして嬉しさに小躍りする。では、ミロを抱く時にそれでいいのかと言えばつまらなくもある。俺はミロの心と体にオヤジの生の痕跡がないことに失望しているのだった。オヤジがミロを抱いた翌日はどういう訳かわかる。最初からミロが興奮しているからだ。そんな時、俺は必ず聞いた。

『オヤジはお前をどう抱いた』

ミロの返答は言葉のこともあれば、セックスの最中に体ですることもある。俺がそれをどうしても厭《いと》うのなら、ミロと別れるか、俺がミロの昼も夜も両方奪うしかないのだった。ミロと別れることは絶対に考えられなかった。俺は完全にミロの虜だったから。虜になるということは、喜びでもあるし苦しみでもある。俺はミロの人間関係を、オヤジ以外すべて破壊した。

ミロには宇野正子という友達がいた。幼馴染みとやらで、同じ高校に通っていた。俺はクラスが一緒になったことは一度もなかったが、何度かミロの家で出会った。正子は家が近いせいもあって、始終ミロに電話をして来たり、家に遊びに来たりしていたのだ。俺は正子が気に入らなかった。俺とミロの貴重な時間を奪うだけでなく、嫌な女だったからだ。気が強くて現実的。虚言癖と間違えられそうな見栄を平気で張る。見ていると息苦しくなるような女だった。しかも、それを自分の長所と勘違いしている。だから、俺はミロの周りから正子を排除することにした。ミロに、正子と付き合うな、と命じたのだ。一方的な我《わ》が儘《まま》だったが、驚いたことにミロは俺に従った。

『博夫が嫌ならいいよ。あたしは博夫がいればいい』

ミロは俺だけを愛している。親友でさえも切る。俺は有頂天だった。だが、オヤジのことだけは、俺がどんなに寝るなと懇願しても、話すなと頼んでも無駄だった。俺が心の片隅で、そのことを甘美だと感じて興奮の材料にしていることを見抜いていたのだろう。ミロは物凄く頭の良い女だった。つまり、自分の快楽を喚起することにかけては絶対に手を抜かない女だということ。実はそこが俺の最も気に入った点だった。そして、何としても一緒にいたいと願う根源だったのだ。

大学四年のある日、俺は意を決してミロのオヤジに会いに行った。就職したらミロと結婚したいと告げるためだ。俺は第一志望のＩＴ企業にすんなりと就職が決まったばかりだった。その日の朝、俺は緊張して就職活動のために買ったスーツに袖を通した。今思えばお笑い草だが、俺は中年のオヤジになんか負けたくなかった。新宿に向かう電車の中で、昔、眼鏡屋の女とこんな会話を交わしたことを思い出していた。

『金を稼ぐのはそんなに偉いか』

『偉いよ』

女の言う通りだった。俺はまだ親の家に寄食し、好きな女をオヤジの手からもぎ取ることもできないのだから。眼鏡屋の女は世の中を良く知っている分、甘い俺がいずれぶち当たる壁を見抜いていた。でも、俺はそんなことは金を稼ぎさえすれば、いつでも解決できると思い込んでいた。

「いらっしゃい」

ドアを開けた村野善三を見て、俺は衝撃を受けた。俺の予想していた男と随分違っていた。俺の想像の中で、善三はいかにもヤクザの調査屋らしく、油断ならない鋭い目をした下品な男だった。だが、本物は紳士然とした物腰の柔らかい男なのだ。五十過ぎと聞いていたが髪も黒く、服装も瀟洒《しょうしゃ》で色気がある。俺は急に引け目を感じた。俺が勝てるものと言えば若さだけだ。

「あんたが河合君か」善三は俺に椅子を勧めて言った。俺の挨拶を聞く間、善三は俯《うつむ》いて煙草に火を点けている。「実物の方がいい」

「俺を知っているんですか」

「ミロに写真を見せて貰ったことがあるよ」

俺の情報はとっくに入手済みという訳だ。俺はミロが写真を見せたことが不快だった。俺が黙ると、善三は笑わずに言った。

「いい男だね、と感想を述べておいた」

俺は微笑んだが、内心は何とか優位に立ちたいと焦っていた。

「今日はどうしたの」

善三はデスクの前の椅子に腰掛け、俺に尋ねた。俺は就職が内定したことを告げて、気恥ずかしくなるようなお定まりの台詞《せりふ》を言った。

「ミロさんと結婚させてください」

余程意外だったのか、善三は驚きを隠さなかった。紫煙を吐き、俺の顔を見つめた。

「俺に言うことではないよ。ミロと相談すればいい」

「本当にそうですか」

「当たり前じゃないか。若い人が好きにすればいい。俺には関係ないことだ」

それを聞いて、俺はこれまで思い込んでいたミロと善三の関係が、実はミロの大嘘なのではないかと疑い、愕然としていた。もしミロの作り話だとしたら、ミロはなぜ嘘を吐《つ》く。俺を試しているのか。それとも、目の前にいる母親の男を実は好きなのか。俺は混乱し、言葉を失った。

「どうした」

善三は労るように俺の方を窺った。俺は思い切って聞いた。

「ミロはどんな娘ですか」

「それはあんたの方が知っているだろう」

善三は嘲《あざけ》った。ちらと上げた目の端に嫉妬の影がちらつく。俺はその時、やはりミロが言ったことは真実だったと確信した。そして、俺の若さが勝ったと思った。俺は愚かだった。

待ち合わせた新宿のレストランで、俺が善三に会いに行ったことを聞いたミロは激怒した。

「どうして勝手に決めてくるのよ。あたしの意志はどうなるの」

「どうなんだ」俺は逆に問い詰めた。「俺と一緒に暮らす気があるのか」

「あるわよ。だけど、どうしてあたしを飛び越えて父親のところに行くのかわからないし、許せない」

「許せないのは、お前がオヤジと寝てるからか。好きだからか」

「違う」ミロは決然と言った。「すごく微妙で大事なことなのに、あなたが突っ走るからよ」

俺はミロにとって微妙で大事な存在ではないのか。俺の気持ちを優先しないのか。急に悲しくなり、俺はミロを見失った気がした。

「わからないのなら言うけど、あたしがあなたの家に行って、お母さんにいきなりあなたをくださいって頼むようなもんじゃない」

「そうしてくれよ」

俺は開き直った。俺の母親とミロは仲が悪い。所詮《しょせん》、水と油だ。母親はミロを理解できず、嫌っている。

「そんな乱暴なことできっこない。あなたはそれを知っていてあたしに無理を言う。でも、あなたはそれと同じことをしたのよ」

「なぜ同じなんだ。俺はお前からオヤジのことをさんざん聞かされてきた。だから、真っ先に行っただけだ。俺がお袋と寝ていると聞いたら、お前は俺のお袋のところに行かないか。行って姿を見て、対決したいと思わないか」

「行かないし、思わない」

ミロは首を振った。

「どうするんだ」

「あなたとの関係が豊かになると思って喜ぶだけ」

「じゃ、俺はどうすればいい」

「このままでいようよ」

ミロは俺の手をテーブル越しに握った。冷たい手。

「嫌だ。一緒に暮らしたい」

ミロはしばらく考えていたが、静かに頷いた。

「だったら一度やってみましょう」

ミロの返事を聞いて、俺は一歩前進したような気がして嬉しかったのを覚えている。俺たちは大学を出てすぐ、代々木上原にマンションを借りて同居を始めた。俺はオヤジからミロを奪い取ったと思い、勝利に酔っていた。


博夫は目を開けた。薄曇りの空が映った。遥か十年近く前のことなのに、昨日のことのように覚えているのはなぜだろう。忘れたいと思っているのに。博夫は眩《まぶ》しさに目をしばたたかせながら、辺りを見た。少し川幅が狭くなったくらいで、景色はほとんど代わり映えしなかった。ボートは前より速度を落とし、眠たくなるような単調さで川を遡っている。川の両岸を覆う緑が更に濃くなった。川も茶色の度合いを深めた。厚い雲の上で、そろそろ太陽が西に傾いてきた気配がする。あと二時間以内にアスラへロに到着できるのだろうか。いっそここで間違った支流に入り、雨季にだけ出現する大きな湖に出て迷ってしまった方が面白くはないか。俺は一生、この川から抜けられなくなって、永遠にミロのことを考えて生きる。ふと湧いた考えに博夫は囚われ始めている。城ヶ島はすっかり寝入って、頭が左右にがくんがくんと大きく揺れていた。ただ一人、操縦士が機械のようにボートを動かし続けていた。

「眠くないのか」

博夫は操縦士の肩を叩いた。操縦士は首を横に振る。

「眠くなったらどうするんだ」

「女のことを考える」

操縦士は左手の小指を出して笑ってみせた。日本人相手の下品な仕草。やっぱりこいつは不良だ。博夫は一緒になって笑った。俺もさっきからミロのことばかり考えているのは、頭が緩んでいる証拠なのかもしれない。

「ワイフはいるのか」

操縦士が博夫の左手の薬指に目を遣って尋ねた。

「いる。お前は」

「いない。だが、イスラムは四人まで許されている」

操縦士は指を四本見せ、同意を求めるように博夫の顔を見た。博夫はその時、上流の彼方を見つめていた。徐々に狭くなる川幅。マハカムの流れは段々と赤味を帯びてきている。俺はどこに行く。ミロを愛しているのか。愛しているのなら、どうして一緒にいられない。


ミロと暮らし始めて一年ほど経ったある晩、突然、破綻が見えた。俺は女子高生を買ったのだ。新宿の映画館前に立っていた女子高生。くたびれた学生鞄を路上に置き、看板を見上げて煙草を吸っていた女。紺の襞《ひだ》スカートに紺のセーター、白いソックス。顔は幼いが、表情は荒《すさ》んでいた。

『幾らだ』

女子高生は俺を睨み、スカートの横で指を四本出した。ハイジアの裏にある真新しいラブホテルで俺は女子高生に舐めさせた。

『お前は幾つだ』

『十七』女は唇を離して答えた。ヤクでもやっているのか、目がとろんとしていた。

『こんなことをしてオヤジにばれないのか』

『別に。知らないもん』

『知らないだろうなあ』

だが、知っていたらどうする。女はミロではないのだ。父親も善三ではない。わかっていながらも、この女子高生との単純な繋がりを複雑に絡め、もつれた網に捕らわれてしまいたいと願っている自分がいるのだった。なぜなら、その網は俺がすでになくしたからだ。ミロの昼と夜を得たせいで、俺は心惑わされる混沌とした官能を永久に失った。皮肉なことに、俺は混沌を失うことによって大人になった。ミロが「このままでいようよ」と言ったのは、俺がこうなることを予想していたからかもしれない。年上の女を漠然と求めて狂騒していた俺はもうどこにもいない。

女子高生を買った夜、俺は自宅マンションの明かりを見上げて、佇《たたず》んでいた。ミロが待っている。しかし、ミロがいつも周辺に引き連れていた様々な波立つ感情はもうどこにもない。俺たちの暮らしは終わりを告げた。始めたのも終わらせたのも、他ならぬ俺自身だった。

俺は半年後に会社を辞めて、コウワ電装に中途採用された。コウワなら海外赴任もあり得ると聞いたからだった。

「一人で行くの？」

俺がジャカルタに赴任すると聞いてミロは涙を浮かべた。俺はどうしてこんなに好きな女を置いていくのだろうと自分を不思議に思いながらミロを抱き締めていた。

今、俺はからっぽの腕の中を覗き込んでいる。

漂う魂

夕方、マンションの玄関で、異様な風体の女と擦《す》れ違った。ずんぐりした体軀を白の着物に包み、何と緋袴《ひばかま》を穿《は》いている。五十歳前後という年齢だから、神社の巫女《みこ》ではない。女は、化粧品の匂いを振り撒《ま》きながら、大きなボストンバッグを持って足早にエレベーターに乗り込んで行った。

「あの人ね、除霊師さん」管理人室から声がした。女性管理人が小さな窓から上半身を乗り出していた。「悪い霊を排除してくれる人だって。でも、驚いちゃうわよねえ、あんな格好しちゃってさあ。よくもまあ、新宿の街を歩いて来るわよね」

管理人は若やいだ声で話し続けた。アル中の前任者が馘《くび》になり、つい二ヵ月ほど前に雇われたばかりだった。小柄で品のいい初老の女が、どうして新宿二丁目のマンションを仕事場に選んだのかわからないが仕事ぶりは熱心だった。お蔭でマンションは格段と綺麗になった。床は光り、玄関の大きなガラス窓は曇りひとつない。お喋りなのが玉に瑕《きず》で、一度話しだすと止まらない。なるべく女と目を合わさないようにしていたのだが、今日は網に引っ掛かってしまった。

「誰が呼んだんですか」

「三〇二号室のママさんよ」

「ママさん」と言ってもれっきとした中年男で、ショーパブやゲイバーを経営している。良く知っている相手なのに、そんな話は耳に入らなかった。どうしたのかしら、という私の独り言を聞き付け、管理人が声を上げた。

「村野さん、探偵さんなのに知らないの？　ここんとこ、幽霊の祟《たた》りだって大騒ぎなのよ。聞いてないんですか。あの四階で死んだ女の人の幽霊が出るってもっぱらの評判なんですよ。あたしも怖いから夜中の見回りは絶対にしてませんもの」

四階で死んだ女というのは、三ヵ月前にこのマンションで自殺した二十八歳のホステスのことだった。宝石だの海外旅行だので、積もり積もった借金地獄から抜け出せずに発作的に自殺した、という噂があった。しかも死後一週間も経って、いかにも幽霊話になりそうな腐敗した状態で発見されたのだ。しばらくはその話で持ち切りだったが、最近は忘れていた。私はようやく死んだ女の名を思い出した。金子というのだ。

「金子さんの幽霊が出るっていうんですか」

「そうなのよ。暗がりに白い服着て立ってるのを見たっていう人、結構多いのよ。本当に知らないの？　呑気《のんき》だこと」

管理人は非難するように言った。

「三〇二のママさんのところにも出たんですか」

「あっちは祟りなの。ワンちゃんの具合が悪くなって、いくら病院に行っても原因がわからなかったんですって。それで、これは金子さんの霊が原因かもしれないって」

「だから、さっきの人が呼ばれたんですか」

私は馬鹿らしくなっていた。しかし、管理人は大真面目だった。

「そうよ。すごく優秀な除霊師さんらしいわよ。やっぱり、金子さんと仲の悪かった人全員に呪いがかかってるって。ママさん、金子さんと揉めていたらしいんですよね。どういうことだかは私は知らないけど。だから、気にしてね。他にも怖い話がいっぱいあるの」

管理人はドアを開けた。喜びで目が輝いている。私は夕食を食べに行こうかと降りて来たのだが、まんまと網に引っ掛かった上に、餌が美味しくて動けないでいた。

「夜中に一人でエレベーターに乗ると、必ず四階に停まるって知ってる？」

私は首を横に振った。近頃は仕事がなく、一ヵ月前の産業スパイ調査の上がりを食い潰す状態だった。夜は外出もせず、家でビデオを見たり本を読んだりしていたのだ。そんな噂があることも幽霊騒ぎも、無縁だった。私が知らないと知って、管理人は勢い込んだ。

「それがいつも真夜中なの。午前二時とか三時。一人で乗っていると、四階ですうっと停まるんだって。誰か乗ってくるかな、と思って待ってても誰もいない。でも、まるで外で誰かがボタン押し続けているみたいに、エレベーターのドアは全然閉まらないの。八階のサウナを経営している人がいるでしょう、吉沢さん。あの人がなかなかドアが閉まらないのに苛立って、『閉』をずっと押し続けてたら、女の人の指が外からドアを押さえたんだって。ね、怖いでしょう。怖くない？」

管理人は私の反応を気にして、ちらと横目で見た。果たして、その指の持ち主は姿を現したのだろうか。聞いてみようか迷っているところに、声がした。

「ミロさん」

隣人のトモさんだった。管理人のお喋りから私を解放しようと声をかけてくれたらしい。共犯者のように目を合わせ、にやついた。このチャンスを逃すと逃げられないかもしれない。管理人は商品説明をさんざんさせられた挙げ句、客に逃げられたベテラン店員みたいに悔しそうな表情をした。

「どこに行くの」

一緒に歩きかけた私は立ち止まった。トモさんの後ろに、若い男がいる。頭蓋にぴたっと沿うようにカットした流行の髪形をして、長めの揉み上げが形のいい頬骨にかかっている。まだ二十歳ぐらいだろう。細い華奢《きやしや》な体付きで、臍《へそ》の出るTシャツ、だぶだぶのパンツという姿は、男性ファッション誌のモデル風でもある。

「こいつと食事に行こうかと思ってさ。どう、ミロさんも一緒に」

「いいのかしら」

私は若い男の顔を見た。伏し目がちに微笑んで一歩下がっている。分を弁《わきま》えた印象から、トモさんの店を手伝いに来る若いゲイの男だろうと思った。トモさんは近くの台湾料理の店を提案し、三人連れ立って新宿の街に出た。湿っぽく、冷たい外気が気持ち良い。暮れかけているのにバー街はまだ明かりも灯っていなかった。最近は不況で、二丁目の店も経営が大変だという。トモさんのところも、売り上げが半分近くに落ち込んでいるらしい。街に活気がないので、道行く人も項垂《うなだ》れて見える。

台湾料理店で注文を済ませ、私はたった今、管理人に聞いた話をした。

「毎晩、夜中にエレベーターに乗るけど、幽霊に会ったことはないなあ」

トモさんは愉快な表情で若い男の顔を見た。男はカイと呼ばれていた。トモさんは私に詳しく紹介しようとはしない。

「だって、一人じゃないと駄目なんでしょう?」カイが控え目に言った。声が細く、喋り方も優しくて、チワワとかキャバリアとかいった繊細な犬を連想させる。「僕たち、いつも二人で帰って来るから駄目なんだよ」

「一人ずつで乗ってみるか。肝試しみたいだけど」

トモさんの言葉に、カイは眉を顰《ひそ》めてみせた。その様子が我《わ》が儘《まま》そうで可愛くもあった。同棲しているのだろうか。隣に住んでよく行き来しているのに気付かなかった。私はトモさんの顔を見たが、何も言わない。私は話を変えた。

「金子さんの幽霊は、恨みを抱いている人に祟っているとも聞いたわ。三〇二のママさんが除霊師を呼んだって」

「あの人は彼女と派手な喧嘩してたんだ。確かに恨みを買ってるだろうな」

トモさんが青菜炒めを皿に取った。

「よく知ってるわね」

「そもそもの発端は車だったんだ。ママさん、去年、車買い替えただろう、レジェンドに。それまでミニクーパーだったから、隣に借りてる金子さんは出し入れが楽だったんだよ。金子さんは運転が下手なんだ。急に大きくなったんで、車庫入れに失敗したらしく、レジェンドのバンパーに傷が付いてたことがあった。あいつに違いないって、ママさんは金子さんに文句を言った。金子さんは自分じゃないと言い張って喧嘩になったんだ。収まらなくなって、仕返しにレジェンドのトランクの鍵穴に接着剤入れたそうだよ」

「ママさんはどうしたの」カイが頰杖を突いて尋ねた。

「怒ったよ、当然。鍵穴ごと全取り替えなんだからさ。金子さんの車のアンテナ折ってやったら、今度はボンネットに猫の糞が沢山載ってたとか。陰湿な仕返しごっこがあったのは間違いないよ。ママさんは金子さんが自殺した時、快哉《かいさい》を叫んでた。それは事実だ」

「そんな女、殺されちゃえばいいのにね」

カイが表情も変えずに言う。

「それだけじゃない。金子さんは亡くなる前は妄想が酷くて、随分と皆、泣かされていたんじゃないか。『音がうるさい』って手紙を隣の人の郵便受けに入れたり」

「じゃ、仕事どうしてたのかしら」

「全然行ってなかったみたいだよ。銀座の店も、すでに馘《くび》になっていたらしいんだ。

金子さんは病気だったのかもしれない」

私は知らないので黙っている。トモさんや三〇二のママさんには、独自の情報網があった。二丁目の住人だけの、つまり男同士の秘密の情報の遣り取りだった。どんなに仲が良くても、私は決して入れて貰えない。

「ミロさんは金子さんのこと知らないの？」

トモさんが訊いたが、私は箸からぼろぼろ落ちるビーフンを掬《すく》うのに夢中な振りをしていた。あることを思い出しかけていたのだ。


翌朝は今にも雨の降りだしそうな陰鬱な天気だった。九階の部屋から新宿の街を眺め、さて今日はどうしようか、と部屋を片付けている最中に電話が鳴った。

「村野さん。管理人です。これから『中央住宅管理』の人と一緒に行きますから、いいですか」

喋りたくてうずうずしている管理人の弾んだ声だった。『中央住宅管理』というのは、このビルの管理を任されている会社だ。その時点では、電話の用件が何なのか全く見当も付かなかった。数分後に管理人と、近頃よくマンション内で見かける三十代半ばの作業服姿の男が現れた。名刺には「中央住宅管理　管理課主任　小柳武広」とある。

「変な噂についてご調査願えないかと思いまして」

「変な噂って、例の幽霊騒ぎのことですか」

「あたしが村野さんを推薦したのよ」

管理人が堰《せき》を切って話しだしたが、小柳が苛立ったように遮《さえぎ》った。

「会社としても放置できないのでお願いできませんか。このままでは借り手が見付からない、と不動産部門からも突き上げ食らってますし、引っ越したいって言う人もぼちぼち出てますから」

「調査というと、どのような」私は慎重になった。「この幽霊騒ぎの犯人を探せというのですか」

「そうです。幽霊なんてそんな馬鹿な話は絶対にないですよ。ここの住人の誰かの悪質な嫌がらせだと思います。僕の方でも調査はしますが、一番いいのは、ここに住んでらして、しかもプロの村野さんが調査してくださることだと思います」

苦々しい表情をした小柳は、はしゃぐ管理人を連れてさっさと帰って行った。期間は一週間。被害状況と犯人探しだという。

早速、私は三〇二号室に向かった。インターホンの音に反応して、いつも通りけたたましい犬の鳴き声がした。「はい、どちら様」と女を繕《つくろ》わない陰気なママの声が聞こえる。

「村野です」すぐにドアが開けられた。

「あらあ、久しぶりね。ミロちゃん。同じマンションに住んでいるのに会わないんだから不思議。ね、元気だった？　お父さん、お元気？」

一気に喋るママは、黒のスパッツに襟ぐりの大きなスパンコール付きTシャツ。心なしか元気がなく、顔色は冴えなかった。はっきり整形とわかる二重瞼がぷっくりとむくんでいる。

「幽霊騒ぎの調査を頼まれました」

私はママを見上げた。女の形《なり》をしているが、身長は百七十五センチ以上あって、骨太の逞しい体をしている。

「まあ、そうなの。じゃ、入って」

ママは驚いて眉を上げた後、何か話したそうな顔をした。絨毯《じゅうたん》もソファも濃い葡萄《ぶどう》色に統一された重々しい部屋に入ると、太ったシーズー犬がよろよろと奥から出て来た。

「ママさん、もう一匹は？」

「入院してるのよ」と彼女は沈んだ声で言った。「下痢が止まんなくて。すっごく可哀相なの。嫌になっちゃうわ」

「幽霊の祟りだって聞いたけど」

「そう、あの除霊の大谷先生がおっしゃるのよ。だから、悪霊祓《ばら》いに週に一度来て貰ってるわ。先生がいらっしゃらなかったら、うちのポコちゃん死ぬとこだったのよ」

「昨日、除霊師さんに会いましたよ」

「大谷先生がおっしゃるにはね、このマンション、悪霊に満ちてるんですって。それも一人のすごく強い悪霊に。あたし、それ聞いて怖くてねえ。もう引っ越すかもしれない。これマジよ」

「その悪霊のことですが、変なことが起きてるって本当ですか」

「ミロちゃん、知らないの。あんた」呆れたようにママは目を剝いた。太い指でキャスターを挟む。「エレベーターのことは知ってるでしょう。あたしは会ったことないけど、すぐ上の階の出来事かと思うとすっごく怖いわよ。あと、金子の下にいるマナティちゃんて、知ってる?」

はい、と私は頷いた。剃りこぼった頭をしていて、時々テレビにも出る有名なゲイだ。

「マナティのところに、朝方、出たのよ」

「幽霊がですか」

「そう。眠っていると、何だか胸苦しくなって目が覚めたんだって。そしたら、部屋の隅にぼうっと女が立ってた。叫ぼうとしたら、こっちにどんどん近付いて来て、それっきり気を失ったそうよ」

「どうしてそれが金子さんだとわかるんですか」

「わかるわよ。そんなことすんの、あの性悪女に決まってるじゃない」と叫んでから、ママは慌てて虚空に向かって手を組み、謝った。「あ、嘘、嘘。あなたのことは誰も悪く言ってないわよ。だから許して。許してください」

あたかもその辺りに魂が漂っているかのような言い方に思わず笑うと、ママはきっと私を睨んだ。

「あんたは怖い目に遭ってないから笑ってられるのよ」

「ごめんなさい。マナティさんと金子さんは何かあったんですか」

「上と下だから、騒音問題とかで色々あったみたいよ。あの金子って女、夜中にカラオケやる非常識女だってマナティがこぼしてたもの」

「じゃ、揉めた人の家に次々に出ているって本当なんですか」

「そうなのよ。今にあたしのところにも来るかと思うとキンタマ冷えちゃうわ」

「他に金子さんと揉めた人は知りませんか。もしいたら、聞きに行ってみますから」

「あたしたちオカマはみんな嫌ってたからね。あんたは何もないの？　ミロちゃん」


エレベーターで女の手を見たという吉沢は留守だった。夜にもう一度行くことにして、金子の部屋を見せて貰うために、管理人室に向かった。玄関の横にある小さな部屋を覗いたが誰もいない。掃除でもしているのかとゴミ置き場に回った。このマンションのゴミ置き場は、建物の裏手にある扉付きのコンクリートの物置部屋だ。中でがさがさ音がしている。管理人がひとつずつゴミ袋を開けて、中を検分しているところだった。萎《しお》れた白薔薇の花束は、比較的ましなのを数本選んで傍《かたわ》らに置く。燃えるゴミは脇のポリバケツに投げ入れ、プラスチックの皿は文句を言いながら別の袋に入れる。ひしゃげたビールのアルミ缶が出て来た時は怒って床に放り投げた。そして、こういう雑な出し方をするのは誰かと、燃えないゴミからＤＭの封筒を取り出し、名前を調べている。ついでに捻《ひね》り捨てられた私信も広げて読み始めた。一通読み終わるまで待ってから、私は声をかけた。

「管理人さん」

彼女は慌てる様子もなく、私を見てにっこりした。

「あらどうも。どうですか、『捜査』の方は」

「金子さんの部屋を見ておきたいのですが、鍵はありませんか」

「ありますよ。でも、見るの怖くない？　凄いわねえ、さすが探偵」

管理人はお世辞を言い、作業で曲がった腰を伸ばして背を反らせた。灰色の作業服に藍染め風のエプロンを着けている。小綺麗にしているが、六十歳に近いだろう。

「いえ、別に。もう改装したんでしょうから」

「だけど、いくら改装したって首吊り死体が一週間もぶら下がっていた所よ。あたしはまっぴらだわね」

前任のアル中の管理人が警察と一緒に中に入って死体を発見したのだ。今の管理人は全く知らないはずだ。管理人はピンクのゴム手袋を脱ぐと、先に立ってきびきびと歩きだした。私は後を付いて行きながら、管理人がゴミ袋を「捜査」していた事実を考えていた。

　金子の部屋は四一五号室。このマンションの構造は古く、建物の真ん中に廊下が一直線に伸び、エレベーターを中央に挟んで左右の翼に同じ造りの部屋が八戸ずつ並んでいる。ママさんの部屋は金子の部屋の一階下の逆方向に位置する。四一五号室のドアの鍵を開け、暗い内部を覗いた。天気が悪いので一層陰気に見えた。管理人に言われるまでもなく薄気味悪い。すっかり片付けられて改装もされてはいたが、変死があったという噂が飛び、借り手が付かないということだった。部屋は消毒薬のような臭いが籠もっていた。真っ白に塗り直された壁が光を照り返す。それが不自然で凶々《まがまが》しく、私は顔を背《そむ》けた。内部をざっと見て、誰かが住み着いていないか、ベランダから誰かが出入りしてないか調べた。どちらも可能性は薄かった。照明を消して部屋を出ると、廊下に若い女がひっそり立っていたので凍り付いた。相手も恐怖に脅えた顔をしている。

「ああ、びっくりした」胸を何度も撫で擦《さす》った。「死ぬほど怖かった」

「ごめんなさい。脅かして」

私は謝って、女と向き合った。何度か見かけたことのある、ここの住人だった。金茶色に染めた長い髪に日焼けサロンで灼いた、不自然に茶色い膚《はだ》。派手なミニドレスに底の厚い白のサンダル姿。いかにも新宿に生きている女だった。

「あたしね、今、金子さんが出て来たのかと思ったの。あなたくらいの背格好だったじゃない」

「金子さんの幽霊の話がありますけど、見たことありますか」

「ないわよ。出たら会いたいくらいよ。あたし、仲が良かったんだもの」

今、あんなに怖がった癖にしみじみと言う。女は四一四号室の浜田と名乗った。歌舞伎町で働いていて、バーテンの恋人と同棲していると言った。金子とは隣同士で仲が良かったのだと何度も繰り返した。

「金子さんの幽霊の話、どう思います」

「嘘だと思うよ。あれはみんなね、金子さんの敵がさんざん彼女を苛めた良心の呵責《かしやく》からびびって流しているだけよ」

「金子さんの敵？　誰が」

浜田は無言でマンションの天井辺りを指で示し、ぐるぐる回した。マンション全体ということらしい。

「オカマは皆、敵よ。彼女のこと寄ってたかって苛めてた。でも、あたしは管理人のババアが怪しいと思ってる。マスターキー持ってるし、ゴミを漁《あさ》ってみんなの秘密知ってるし。あいつが来てから幽霊騒ぎが起きてるじゃん」

「ちょっと待って。どうしてオカマは敵なの」

「あいつら何かあるとすぐに結託しやがって、あたしたちのことメスブタとか悪口ばつか言うんだよ」

そう言い捨てた時、四一四号室から黄色いスーツに紫のシャツを着た若い男が出て来た。色浅黒く、いかがわしいくらいハンサムだ。これが同棲相手のバーテンらしい。男は私になど目もくれず浜田に向かって顎をしゃくり、二人揃って出かけて行った。

金子の真下に住む、三一五号室のマナティのインターホンを押した。用件を言うと、すぐにドアが開いた。

「ママから聞いたわ。あなたが調べてくれてるんだってね」

マナティは綺麗に剃った頭に中近東風の帽子を載せ、ゆったりした黒いパンツに金色のシャツという奇術師のような格好をしていた。色が白く、ママよりはずっと美しい。

マナティは中に入れてくれようとはせず、玄関先で言葉を交わした。

「お部屋に幽霊が出たと聞きましたが、どんな様子だったんですか」

「明け方に目が覚めたのよね。そしたら、足元に人がいるのよ。よく見ると女じゃん。すごく怖かったわ。慌てて布団被ったらすうっと気を失っちゃって、朝になってぞっとした」

「信用しないの？」

「夢じゃなかったのですか」

「違うわよ」とマナティは怒って私の顔を睨み付けた。「信用しないの？」

「じゃ、何かなくなった物とかは」

「泥棒かって言うの。それはなかったわね」

「ベランダから入った可能性は」

マナティは考え込んだ。

「あるかもしれない。開けて寝てたから。でも、あれはね幽霊よ」

「どうして断言できるんです」

「だって金子にそっくりだった」と言ってから何か思い出したように、顔を顰《しか》めた。

「それもね、ここに縄を付けてたんだよ。あなた、怖いの、怖くないのって。あたし、もうここ引っ越すからね」

マナティは、首に手をやって涙ぐんだ。

それからあちこち聞いて回って、午後、私は自室に戻って来た。はっきり幽霊を見たと証言したのはマナティと、七階に住む二丁目のミニコミ誌を編集している五十八歳の男の二人だった。編集者は、夜中に酔って帰ってきたところエレベーターが四階で停まり、間違えて降りてしまったのだという。廊下を数歩歩きだして間違いに気付き、エレベーターに戻りかけた時、四一五号室の前に白い服を着た金子が立っていた。しかし、酔眼朦朧《すいがんもうろう》としていた、とは本人の弁だ。金子とは以前、ミニコミ誌の寄付集めに金を出す、出さないで揉めたことがあったという。

幽霊の祟りがある、と主張するのは三〇二のママ。しかし、これもシーズー犬の病気なのだから、真実はわからない。もしかすると、幽霊の振りをした悪意ある誰かに毒でも盛られたのかもしれないが、証拠はない。

私はトモさんのドアをノックした。トモさんがくわえ煙草で出て来た。

「ちょっとうちに来ない？」

私は部屋にカイがいるのを意識して言った。カイはヘッドホンを付けて何か熱心に聴いていたが、私に一応目礼してみせた。上半身裸で、ソファの上で胡座《あぐら》をかいている。その姿は彼の美貌と相俟《あいま》って、コマーシャルの絵柄みたいに映った。いいよ、とトモさんは台所を振り返った。イタリア製の寸胴鍋の中で野菜が煮えて、その熱気を抑えるように、エアコンが静かに点いていた。美味しい食べ物や贅沢な家具、厳選された小物。トモさんの部屋は成熟した優しさのようなものがあった。カイ以外は。

私はトモさんを伴って自室に戻った。同じ構造の部屋ながら、私のところは実に簡素だった。

「何だよ、話でもあるのか」

「相談に乗って」

私がトモさんを呼びに行ったのは、カイがまだいるかどうかを確かめるためでもあった。トモさんはやや面倒臭そうにデスクの前にある椅子に腰掛けた。私は淹《い》れたてのコーヒーをポットごとテーブルに置く。

「カイと一緒に住んでいるの？」

トモさんは私の真意を悟ったらしく強張《こわば》った顔をした。

「成り行きでそうなっただけだ。あいつ、ウリ専にいた宿無しでさ。うちの店を手伝わせてるんだけど、行き場がないんで泊めてやってる」

「あたしはてっきりトモさんの恋人かと」

「いや、違う」

「恋人じゃないならどうして一緒に住んでる訳」

トモさんは眉根を寄せた。出過ぎた質問と承知してはいたが、私はカイの存在が気に食わなかった。

「可愛いからだよ」

「恋人じゃなくても可愛い訳？　可愛いって恋人ということじゃない」

「あいつが俺に惚れてるから可愛いと思っているだけだ」

「最低」

「嫉妬？」

トモさんは顔色を変えずに聞いた。嫌な奴だ。私ははっきり口に出すトモさんを憎んだ。嫉妬という言葉を聞いた途端、私のもやもやした感情がひとつの形にまとまった気がしてそれも許せなかった。私はコーヒーを啜《すす》った。

「そういう言い方しなくたっていいじゃない。あたしは友達として、闖入《ちんにゅう》されている感じがあるのよ」

つまり嫉妬だ。トモさんは男として私を愛さなくても、気に入っているという自信があったのに、カイがそれを邪魔する。若くて美しくて、女を憎んでいるカイが。トモさんは苦笑混じりに呟く。

「わかってるよ。俺も実は困ってるんだ。可愛いが鬱陶しい。でも、あいつはなかなか出て行かない」

「出て行ってほしい、と匂わせているのに？」

「そうだ」トモさんは珍しく口籠《くちご》もった。「何だか可哀相になっている」

「じゃ、可愛いんじゃなくて可哀相なのね」

私の意地悪な断言にトモさんは何も答えなかった。私たちはゆっくりとコーヒーを飲んだ。窓の外は、六月の長い夕刻が今ようやく終わって夜になろうとしていた。雨も降りだしている。いつまで経っても延々と続く、曖昧で苛立つ天候だった。

「あたし、ここの管理会社から幽霊のことを調べるように依頼されたのよ」

トモさんはさして関心なさそうに肩を竦《すく》めた。

「トモさん知ってることあったら教えてくれない」

トモさんのゲイルート情報を知りたかった。が、トモさんは男同士の結束に関しては口は堅い。

「何もないよ」

「ほんと?」私は煙草に火を点けた。「金子さんの隣の浜田さんて女の人、知ってる?」

いや、とトモさんは首を振った。

「彼女がね、金子さんはオカマたちと仲が悪かったというのよ」

トモさんは大きな声で笑った。

「オカマってママさんたちか。確かにママさんたちは風俗嬢と仲が悪いな。でも、俺は知らないよ。俺が聞いたのは駐車場の一件だけだ」

管理人が犯人だ、という浜田の弁は黙っていた。また、私が金子とどう関わっていたかも。これまで、職業上の秘密以外は何でもトモさんに話してきたのに。多分、カイの存在が、トモさんと私の間に何かをもたらしているのだと気付いた。話は盛り上がらず、白けたままトモさんは部屋に戻って行った。私は苦さを堪《こら》えながら残り物で夕食を終え、八階のサウナ経営者、吉沢の部屋を訪ねることにした。

吉沢は闇屋から身を起こした新宿二丁目の有名人だ。七十歳を幾つか過ぎた老人で、四十代の養子と一緒に暮らしている。私が訪問した時、彼は晩酌をしていた。

「これはこれは珍しい。どうぞお入んなさい」

吉沢は私を丁重に中に請じ入れた。彼は父の善三を良く知っており、私を昔から可愛がってくれた人だった。

「あんたも飲むかい」

私は断った。テーブルの上には胡瓜《きゆうり》ともろみ味噌、という質素なつまみがある。吉沢は私を正面に座らせて旨そうにビールを飲んだ。養子の男性が、主婦のようなエプロン姿で台所から挨拶して寄越す。私が幽霊騒ぎを調査していることを伝えると、吉沢は大きく手を振った。

「それは『息子』の方だよ。俺は夜中に出かけたりしないもの」

「息子」が台所から現れてエプロンを外し、女性的な口調で話しだした。

「それ僕です、僕の経験。すごく怖かった。もうひと月前になりますけど、お友達と飲んで遅くなったことがあって、その時にどういう訳か四階で止まったのよ、エレベーターが。僕、聞いていたのね、その怪談話。だから嫌だなと思ってずっと『閉』ボタンを押していたんだけど全然閉まらないの。もう絶対に誰かが外でボタンを押しているんだって思ったけど、怖くて見に行けない。そしたら、女の人の手だけが出て来て外からドアを押さえるじゃない。怖かったわ。ギャーッて叫んじゃった。叫んだら手が離れたのよ」

「その手は若い女の手でした？」

彼は頷いた。

「ええ。すんなりしてて綺麗な手よ。色白で」

「指輪とか時計とかしていない？」

「全然してません」

「金子さんの幽霊と思います？」

「わからないわ。だって、金子さんなんて会ったことないもの」

私は「息子」の中性的で柔らかな表情を見た。

「じゃ、どうしてあなたに出たのかしら」

私は振り出しに戻った。エレベーターで会った人も幽霊を見た人も、皆、金子と何らかの揉め事を起こしていた人ばかりだった。だから除霊騒ぎになっているのだ。

「でも、僕は、隣の浜田って人とは喧嘩したことありますよ」

私は色めきたった。

「だって、あの子、育ちが悪い感じでしょう。こないだ僕の自転車の籠にジャワティの缶を捨ててたのを見たから注意したのよ。そんな小学生みたいなことするなって。そしたら根に持ってね。次の日に両輪ともパンクよ」

「その手が浜田さんのだったって考えられますか?」

「うーん」と考え込んだ。「あり得るかもしれない。僕が帰るところをどこかで見ていて悪戯《いたずら》すればいい訳でしょう。だとしたら悔しいな。すごく怖がっちゃったからな」

吉沢が心配そうに私を見つめていた。

「ミロちゃん。あんまり人の恨みに首を突っ込みなさんな。他人から見るとつまらんことでも、本人は必死なんだから後が怖いよ」

その晩、幽霊が出るという午前二時過ぎから私は四階の階段付近で張った。エレベーターホールで何か物音がしたらすぐに駆け付けるつもりだ。が、一時間経過しても何事も起きなかった。暗い廊下の端にある四一五号室を眺めて異常のないことを確認し、部屋に戻ることにした。トモさんの部屋の前で、男が二人争うように話しているのが見えた。私の足音で二人はすっと部屋に入ってしまったが、それがトモさんとカイだということはわかっていた。カイが涙ぐんでいるのにも。

私は寝る支度をした。が、今日にした出来事に捉われ、眠れない予感がした。カイは、夕方トモさんを呼び出して話をした私に原因があると思うだろう。事実ではあるが、彼に恨まれるのは嫌だった。ウィスキーを生《き》で二杯飲み、ようやくベッドに潜り込んだのは午前四時近かった。どのくらい経っただろうか。私は寝苦しさに目を覚ました。部屋は薄暗く、まだ夜は明けていない。眠ってからさほど時間は経っていなかった。どうして目が覚めたのか。私はそれが不思議で周囲を見回した。足元に人が立っていた。白っぽい衣を纏《まと》っている。暗闇で良く見えないが女のようでもある。

「誰」

恐怖で声が掠《かす》れた。浜田ではないことは確信があった。金子が私を恨んでいたことは浜田には絶対に漏れていないという自信があったからだ。あれは金子と私だけの秘密なのだ。だからこそ、私は恐怖で痺《しび》れていた。金子の幽霊だ、本物の。そんな馬鹿な、と理性が思っても、体は恐怖で全く動けなかった。悪い夢を見ているように全身が金縛りにあって動かない。顔の側まで近付いて来た白い影が、私の首をゆっくりと絞めた。恐怖も手伝ってか、私はすぐに気を失いそうになった。薄れゆく意識のなか、幽霊の指が温かく、男の手だということに気付いていた。私は必死に男の指を摑んだ。あっけなく指が剝がれる。

「あんた、カイでしょう」

うん、と幽霊が答えた。私は起き上がり、咳き込みながら照明を点けた。途方に暮れた子犬のような顔をして、カイが立っていた。白いステンカラーのコートを着ている。だが、子犬ほど可憐ではなく、野良猫のように小狡《こずる》そうだった。

「怖かったろ。いい気味だ」

「ベランダから入ったのね」

こっくりと頷く。その方法で男が私の部屋に侵入したことがあった。このマンションはベランダから侵入しやすい構造になっているのだ。

「あなたが金子さんの幽霊だったの？　どうして」

私は枕元の煙草に手を伸ばした。カイは私にこれ以上の危害は加えないだろう。カイは、正体を見破られて挫《くじ》けた。急激に憎悪が萎《しぼ》み、脆《もろ》さが剝き出しに現れている。しかし、他人の部屋にベランダ沿いに忍び込んでまで、恐怖を味わわせてやりたいとするカイの心根が私を恐怖させていた。

「どうして金子さんの幽霊になったの」

私はもう一度問うた。

「違うよ。あんただけだよ」カイはいつもの優しい声で言葉を発した。「あんただけが俺の敵だから。あんたが余計なことを言わなけりゃ、友部さんは俺をいさせてくれたんだよ」

「そうかしら。トモさんはあなたが出て行かないって困っていたわ」

私は、トモさんがカイを可愛いと言ったことなど一切触れなかった。

「嘘だよ。あんたが俺を嫌がったんで仕方なく言ったんだ。他に部屋を見付けろって。前は好きなだけいていい、と言ってくれたのに」

私は内心驚喜していた。トモさんはカイではなく、私を選んだ。私はカイに意地悪く言った。

「信じたい気持ちはわかるけど、それは幽霊を信じるのに似ている。中身がないのに、信じていることで中身が生まれてくるのよ。あなたの中だけにね」

カイは悔しそうに目を潤ませた。

「あんたに何がわかる。俺とトモさんのこと、何がわかる」

「わかるもの」私は断じた。「あの人はあなたじゃつまらないのよ。あなたは綺麗なだけの男の子よ」

「何だ。偉そうに言いやがって」

カイは足音高く出て行った。玄関のドアがばたんと激しい音を立てて閉まった。私は言いようのない怒りに襲われて身を震わせた。除霊師の大谷は、このマンションに悪霊が満ちていると言ったそうだ。悪霊ではなく、悪意なのだ。私に悪意を感じている人間を皆、殺してやりたい。私は自分の悪意を漲《みなぎ》らせた。すぐにそれは消え、私は疲れを感じて窓の外を眺めた。朝の空は東から明るみ始めている。

翌朝、トモさんの部屋のインターホンを押した。やがて、不機嫌なトモさんの声がドアの向こうから聞こえた。

「何ですか」

「あたしだけど。開けてくれる」

ドアが開き、Tシャツに短パン姿のトモさんが眠そうな顔で現れた。

「どうしたの、いったい」

「あたしの部屋に幽霊が出たのよ」

驚いた顔のトモさんを押すようにして、私は彼の部屋に入った。

「本当に？」トモさんはぼさぼさの髪を撫で付け、煙草をくわえた。全く信じていない様子だった。「どんな顔してた、そいつは」

「綺麗な顔よ。ところで、カイは出て行ったのね」

「話したら、僕が寝ているうちに出て行くと言った」

「彼が出て行ったのは玄関からじゃないわよ」

トモさんは訳のわからない顔をした。私はトモさんの部屋のブラインドを巻き上げた。

「あなたが寝ている間に、ここからあたしの部屋に来たのよ」

「幽霊の真似をして、あなたを脅したっていうのか」

トモさんは察しが良かった。

「そうよ。死ぬほど怖かったわ」

「怖い？　あなたは幽霊はいないと確信していたじゃないか。誰かの悪戯だって」

トモさんがコーヒーメーカーにゴールデンキャメルの豆を入れながら言った。

「これまでのは浜田さんの仕業《しわざ》よ。確信してるわ。金子さんと浜田さんは仲が良くて、しょっちゅう、このマンションの気に入らないことや他人の悪口を言い合っていたのよ。ところが、金子さんがノイローゼになって自殺してしまった。三〇二のママさんなんか、悲しむどころか喜んでいる。それで浜田さんは頭に来て仲の悪かった連中に復讐を始めたのよ。憎むべきオカマたちを怖がらせてやろうって。まず、エレベーターの噂を流した。それからベランダ越しにマナティさんのところに行って脅した。ママの犬に何か飲ませた」

「じゃ、どうしてあなたのところのは幽霊だと思ったんだ。信じていないのなら、怖くはないはずだ」

トモさんは冷静に二本目の煙草に火を点けた。

「実は、浜田さんが知らないことがあるのよ。あたしと金子さんのこと。なぜ浜田さんが知らないと確信しているかというと、金子さんが電話をして来たからなの。彼女が死ぬちょっと前のことよ」

思い切って言うと、トモさんが一瞬驚いた顔をして私を見た。

　三月のことだった。女の声で電話があった。

「あんた探偵でしょう。あたし、あんたと同じマンションに住んでるんだけど、隣の部屋の男のこと調べてくんない。そいつ女と暮らしてるのにあたしのところにこっそり忍んで来るのよ」最初は自慢で、後は愚痴のようだった。「すごく浮気な奴で最低なのよ。そいつが帰るといろんな物がなくなるの。調べてくんない」

　私はきっぱりと断った。女は怒った。

「何よ、偉そうに。隣の男といちゃいちゃしてる癖に。全くゲイだのなんだのって最低な奴らだよ。あいつら、女を馬鹿にしやがって何かあると目くじら立てて。あんたもあいつらの仲間だよ」

　その後、無言電話が何回もあったのだ。金子に間違いなかった。隣の男というのは浜田と一緒に暮らしているバーテンのことだろう。

「金子という人は被害妄想だったのかもしれない。攻撃されているように感じて、誰にでも嚙み付かないと気が済まない。あちこちでイザコザを起こして、今度はその復讐に命を燃やしていた」

「で、どうするんだ。浜田のことは報告書に書くんだろう」

　私は頷いた。

「カイのことは」

「あたしに嫉妬しただけなのよ。書かないわ、関係ないもの」

それは、個人的なことだ。マンションの利益には関係ない。私はそう決めていた。トモさんは複雑な顔をして窓の外を見つめていた。

「俺があなたを選んだと思ったんだろうな」

「違うわよね」私は答えようとしないトモさんの目を見た。「あなたは私をだしにして一人になりたかったのよね」


数週間後、私は二丁目のバーで友人と遊び、遅く帰って来た。その晩、愉快に飲めたのも、この仕事の成功のせいだった。マンションに帰って来ても、まだ楽しい気分が続いていた。私は鼻歌混じりでエレベーターに乗り、「9」を押した。ところが、突然、四階で止まった。金子の幽霊のことが脳裏に蘇った。しかし、私の報告が上がってから、勧告を受けた浜田たちはとっくに引っ越し、幽霊騒ぎは解決していた。そんな馬鹿なことはない。私は焦って『閉』のボタンを押し続けた。ドアは閉じない。絶対に誰かが暗い廊下側からボタンを押している。

意を決して、私は外に足を一歩踏み出した。暗闇に金子が立っていたらどうしようと恐ろしい想像が頭を擡《もた》げた。誰もいない。暗い廊下の端にある、まだ借り手のない四一五号室の前にも人の姿はなかった。

ほっとしてまたエレベーターに乗ろうとした時、階段の方で微かな物音がした。私はその方向に駆けだした。いったい、誰がこんな悪さをしているのか知りたかったのだ。急いで駆け寄ると、階段下にちらっと藍染めのエプロンが見えた気がした。いや、違うかもしれない。私は立ち竦《すく》んだ。

報告書には浜田の名しか書かなかったのに、この騒ぎに便乗して己れの悪意を晴らしている人間がまだいる。カイが私の部屋に現れた時に、一瞬心を過《よ》ぎったことを思い出した。マンション中に悪霊ならぬ悪意が満ちている、という事実。カイの仕業も報告書に書くべきだったのだ。そして、私信を読む管理人の悪癖も書くべきだったのだ。幽霊騒ぎも頭から否定し過ぎた。私は甘い仕事をしたと悔やんだ。

独りにしないで

鼻先を掠《かす》めるようにして、屋台が横切って行った。ガラスの箱が沢山載っている。中に何が入っているのか、車を押す男が邪魔で良く見えない。男はパンチパーマに芸能人風の派手なサマーセーター。猪首《いくび》にゴールドのネックチェーンが光る。

「猿だ！」

弾む若い声がした。コンパ流れの大学生が数人、歓声を上げて屋台を取り巻いた。それに構わず、屋台は歌舞伎町のど真ん中をゆっくりと進んで行く。私は屋台の後を追った。追い付いて覗き込むと、ガラスの箱の中に据え付けられた白い蛍光灯に目を射られた。逆光を透かして子猫のまばらな毛が見える。猿ばかりか、子犬や爬虫類を満載したペットの屋台だった。一番下のガラスの箱には、シーズーやパグ、ポメラニアンなどの子犬が押し込められ、中段は高級な子猫。スコティッシュ・フォールドからアビシニアン、アメリカン・ショートヘア。その上の檻《おり》に黄色い小さな猿。隣には木の枝と見紛《みまが》う大きなトカゲまで入れられていた。箱には「シーズー、二十五万」などと書いた紙がべたべたと貼ってある。ホステス目当ての、移動ペットショップなのだった。

「ああ、可愛いねえ」

優しい風変わりな女の声がしたので振り向いた。イントネーションが明らかに外国人のものだったからだ。

「ねえ、可愛いねえ」

女はもう一度言って、連れの男に同意を求める仕草で見上げた。男はにっこりと笑って、うん可愛い、と答えた。が、それは動物が可愛いのではなく、そう言うお前が可愛いのだ、と表しているかのようだった。男が女に心を奪われているのは、行きずりの私でさえもわかる。脈があると思ったのか、屋台を押す男が車を停めて腕組みをしながら様子を窺う。酔っ払いたちも屋台と二人を囲み、遠慮のない視線で女だけをじろじろと眺めた。類《たぐ》い稀《まれ》な、という言葉が似合うほど、美しい女だったからだ。

中国人のホステスだろうか。それにしては、水商売らしくない上品な娘だ。真っ白なシルクブラウスにたっぷりしたオフホワイトのシルクパンツは良く似合い、ファッションモデルの装いにも見える。化粧は薄く、真っ赤な口紅だけ。色が白く肌が滑らかで、長い髪は綺麗なウェイブがかかり、白いカチューシャは可憐だった。

「店に遅れちゃうよ。食事しよう」

女の気を変えたいのか、男が焦れた。ということは、同伴出勤なのだろう。やはり、彼女は外国人ホステスらしい。連れの男は三十代前半。貧相なビジネススーツを着て印象が薄く、金がありそうには到底見えない平凡な男だった。クチナシの花みたいな美しい女が横に立つことだって信じられない男なのに、二人は恋人同士らしく腕を組んでいる。

「お前にゃ、勿体ねえよ」

と、失礼にも酔っ払いが呟いた。皆、男がどう出るのか、伏し目がちに注目する。屋台のヤクザでさえも、困惑して横を向く。すると、男は見せびらかすように女の腰を抱き寄せた。女が頰を寄せて何ごとか囁くと、男は笑い、それから自慢げに周囲を見回した。私と目が合った。自分に対する女の愛情を確信している、自信に満ちた眼差しだった。

ちょうどその時、私が尾行していた女性が友人と一緒に、歌舞伎町会館の地下から出て来たのに気が付いた。私は彼女たちを目で追い、今見たカップルのことを頭の中から追い出した。これが、初めて彼らと会った夜の出来事だった。

私は浮気調査を頼まれていた。他人の情事を探るなど、あまり好きな仕事ではないのだが、それでもひっきりなしに持ち込まれる。女の私のところに来る依頼は妻の浮気調査が多かった。それも若い妻の。

今回は、中沢という知り合いのカメラマンからの依頼だった。今年三十五歳になる、フリーのイラストレーターをしている妻を調査してほしいと言う。様子がおかしいので浮気を確信しているが、自分は現場に踏み込んで騒いだりはしたくない。ただ、相手を突き止めるだけでいい、というのが条件だった。ならば、まず妻の浮気現場を押さえ、それから相手の男の身元を確かめなくてはならない。私は、中沢から連絡を貰って、家で仕事をしている妻が外に出る時だけを尾行して探る、という方法を取っていた。だが、もうかれこれ二週間以上経っているのに、この聡明な女は容易にしっぽを摑ませてはくれなかった。

屋台のペットショップを見かけた数日後、中沢から連絡があった。妻が仕事の打ち合わせで、翌日、新宿に出る予定だと言う。

次の日、私は早速、荻窪にある二人のマンションまで出向き、外出する妻の後を尾《つ》け始めた。妻は、新宿中村屋で中年女性と仕事の打ち合わせをしてから、一人でコマ劇場前の映画館に入って行った。私も斜め後方に座り、女を観察していた。女は誰とも約束はしていない様子だった。時々、考え込むように頬に手を当てたり、貰い泣きしたりして熱心に画面に見入っている。ようやく映画が終わった。が、女は動かない。もう一回観るつもりらしい。飽きた私は、外で待つことにした。

五月の太陽は傾きかけ、空気は少しひんやりとしてきていた。私は、映画館の真向かいにある喫茶店に入った。退屈な仕事だった。私は欠伸《あくび》を嚙み殺し、バッグの中から文庫本を出しかけてやめにした。本でも読んで時間を潰したいところだが、尾行対象を見逃す恐れがある。これがこの仕事の嫌なところだった。

気分を変えたくて、私は新装なったばかりの喫茶店の内部を眺め回した。沈む夕陽が白く光る壁材に映って、やけに眩《まぶ》しい。日が暮れてしまうと、凝り過ぎた照明器具が人々の顔色を青黒く沈ませた。客の回転率を考えたのか、実に落ち着きの悪い店だった。その時、ふと例の男が目に入ったのだった。しばらくは思い出せなかった。はて、どこかで見たような、と思っただけだ。が、男の熱に浮かされた切ない顔を見て、クチナシの花の女と一緒にいた男だと思い出した。

男は相変わらず地味なビジネススーツを着て、ショートケーキの並んだショーケースの前で、黙々とオムライスを食べていた。オムライスの上にたっぷりかかった赤いケチャップを、スプーンで削ぎ落としている。ケチャップが嫌いなのだろう。あの美しい女が横にいない分、男は何かが欠落した様子を全身に表していた。淋しげな男だ、と私は思った。冴えないながらも、その淋しさの周波数が合う女には堪《たま》らなく可愛く感じられるのかもしれない。視線を感じたらしく、突然、男が振り返って店内を見回した。私に気付き、あれ、どこかで、というような顔をしたが、また向き直り、真剣な顔で食べだす。ここで時間を潰して、女の店に寄るのだろうか。それでは、金が幾らあっても足りないに違いない。私はそんな余計な心配をして、男の皿に溜まってゆくケチャップをちらと眺めた。

映画館から、どっと客が出て来る。私は煙草を消して立ち上がった。やっと、尾行中の女が出て来たからだ。例の男とまた目が合った。が、仕事のことを考え始めたら、すぐに忘れてしまった。

女は新宿駅で、躊躇《ためら》うことなくラッシュの中央線に乗った。家に帰るに違いないと思ったが、念のために私も乗り込んだ。女は呆《ほう》けた表情で吊り革にぶら下がり、ガラス窓に映った自分の顔ばかり見つめている。荻窪駅で降りると、駅前のスーパーで野菜と牛肉を買って帰った。この日も収穫ゼロ。疲れた私も新宿二丁目に帰った。

二度あることは三度あるというが、さすがに三度目にその男に会った時は、驚いた。場所は私のマンションの郵便受けの前だった。

私は隣のトモさんとヴァージン・メガストアから帰って来たところだった。トモさんは店でかけるCDを大量に買い込んで機嫌が良く、私は気に入ったアイルランド映画のサウンドトラック盤を探しに行ったものの、なくて、がっかりしていた。私は、トモさんにその映画音楽のことをずっと話していた。何となく見覚えのある男が郵便受けに一枚ずつ、不動産屋の粗末な黄色いチラシを入れている。

「どうも」

男の方から挨拶した。間違いなく、クチナシの花の女といた男、オムライスを食べていた男だった。

「よく会いますね」

仕方なしに挨拶すると、ほんとに、と男は照れ笑いをした。その表情は、男をはにかむ少年のように見せた。私は「村野善三調査探偵事務所」とあるステンレスの郵便受けから、彼の入れた黄色いチラシを取り出してそのまま手に持った。トモさんはさっさと郵便受けの下に置いてあるプラスチックのゴミ箱に投げ入れてしまったが、私はいくら何でも彼の面前で捨てるのは憚《はばか》られた。会釈してエレベーターに乗った途端、トモさんが聞いてきた。

「知り合いなの？」

トモさんは真夜中を思わせる濃いブルーのコットンシャツを着ていた。私はその色に見惚《みと》れながら答えた。

「ううん。歌舞伎町で何度か会っただけ」

「遊び人て奴か」

トモさんは笑った。そうは見えないよ、というニュアンスがあった。

「まあ、心奪われてってとこかしら」

「何に奪われてるんだ」

トモさんは興味を感じたように聞く。男と一緒にいた美しい女の話をすると、トモさんは頷いた。

「最近は日本人の店よりも、中国人や韓国人の店の方が流行っているらしい」

「どうして」

「さあ、日本の女にはないものがあるんだろうよ」

女に関心のないトモさんは肩を竦《すく》める。私は、びっくりするほど美しいあの女を思い起こした。綺麗だから女が魅力的なのかといえば、それだけではないことにも気が付いている。女はどこか楽観的なパワーのようなものを発散させていた。それが男を夢中にさせるのだろうか。

「じゃ、こいつをモニターするから」

部屋の前で、トモさんは嬉しそうにCDの入ったビニール袋を持ち上げて見せた。私も、中沢の浮気調査の報告書を書かねばならなかった。何の収穫もない空しい報告書を。私は手を振ってトモさんに別れを告げ、自分の部屋に入った。

窓を開けて五月の風と新宿の排気ガスを部屋に入れ、ワープロのスイッチをオンにしたところで、インターホンが鳴った。

「あの、下でお会いしました『ハウスアクセス』の者ですが」

例の男だ。私は警戒した。

「不動産なら要りませんよ」

「いや、違うんです。仕事の依頼をしたくて」

私はドアを開けた。男が直立不動で部屋の前に立っている。

「仕事の依頼っていうことは、私が探偵って知ってるんですね」

「ええ、郵便受けにありましたので」

男は緊張を隠さずに私の顔から目を逸らした。スーツのパンツの下から覗く真っ白なコットンソックス。三十代半ばと見たが、ひょっとしたら三十そこそこかもしれない。請じ入れると、男は畏《かしこ》まって部屋に上がった。私はワープロのスイッチを切り、茶の用意をする。といっても、冷蔵庫の麦茶をグラスに入れてコースターと共に置いただけだが、男は堅苦しく立ったまま名刺を差し出した。

「ハウスアクセス　営業部営業一課係長　宮下清志」とある。

名刺を手に取り、「それで、ご依頼というのは」と尋ねた。宮下は困ったように俯《うつむ》いている。話しだすきっかけがなかなか摑めないのだろう。よくあることだった。私はもう一度問うた。

「どういったことで、ご相談なさりたいのでしょうか」

「妙なことなんで、言いにくくって」宮下は口許を歪めた。

「構いませんよ。どんなことでしょうか」

宮下は下唇を噛んでいたが、意を決して顔を上げた。

「女の気持ちを確かめてほしいのです」

「気持ちを確かめる？」

「そうです。どうしても知りたい」

私は可笑しさを堪《こら》えて宮下の恋に窶《やつ》れた顔を見た。

「あの時、一緒にいた美しい方ですか」

「そうです。『夢の壺』という上海クラブの女です」

やはり、中国人の女だったのか。夕闇に咲くクチナシのような女の顔。同性でも、いつまでも眺めていたいと感じさせる女だった。

『有美《ゆみ》』という日本名で出ているのです。が、今ひとつ、あの子の気持ちが読めなくて迷っているんです」

私は冷静に、熱に浮かされた宮下を制した。

「そういう依頼は初めてです。それに、ちょっと困ります」宮下は驚いた様子で顔を上げた。「つまり、どうやって報告すれば、あなたの気が済むのかわかりません。要するに、気持ちの問題は客観的な証拠を集めることができないからです」

私の説明に、宮下は人の好さそうな笑みを浮かべた。

「簡単ですよ。彼女は本気だ、いや、遊びだ。これだけでいい」

「無理です。私には、その人の気持ちを見極める方法がわかりませんもの」

私は厳然と首を横に振った。が、宮下は言い張る。

「あの子に会って、お前は宮下を愛しているのかどうか教えてくれ、と聞いて来てくれるだけでいいんだ」

「あなたがご自身でお聞きになればいいじゃないですか」

私は中学生のような宮下にうんざりし始めていた。恋に落ちた男なのだ。何を言っても無駄かもしれない。

「僕が聞けば、『愛している』と繰り返すだけなのです」

「なら、いいじゃないですか」

私は煙草に火を点《つ》けた。のろけているのか、と苦笑する。だが、宮下は大きな溜息を吐いた。

「僕もそう思っていた。でもね、こんなことがあったのです。あなたに会った夜、屋台のペットショップが来ましたよね。有美は小さな犬が気に入った。チワワのロングとかいう毛の長い種類の犬です。その日はずっと、そのことばかり言ってました。それで、僕に犬を買ってくれとねだるのです。僕には金がない。貯金が少しあったけれども、全部崩してクラブに通うのに遣ってしまったんです。だから躊躇《ちゅうちょ》すると、『あなたはあたしと一緒に住んでくれていない。あたしは寂しいから、犬があなたの代わりになるのだ。お願い、独りにしないで』と悲しそうに言う。仕方なく、借金して歌舞伎町の『フレンズ』というペットショップで同じ犬種を買いました。二十六万でした」

宮下は苦い顔をした。あの女にねだられたらひとたまりもあるまい。

「ところがですね、数日前、そのペットショップを通りかかったら、何と有美に買ってやった犬と同じ犬がいるのですよ」

宮下の表情は歪んでいる。まさか、と私は眉を上げた。

「あなたの見間違いなのでは」

「いや、絶対に同じです。犬の色も大きさも顔の感じも同じだった」

「それでどうしました」

「ペットショップの女店員に尋ねました。もしや、中国人の女が返しに来たのではないかと。絶対に違うと言い張りました。僕は信じられなかった。その晩、あの子の店に行って聞いてみました。有美は否定しました。『何言ってるの。そんな馬鹿なことしないよ。清志の見間違いよ』と。でも、気のせいか、態度が冷たくなったように感じられたのです」

「彼女の家に行って、ご自分の目で確かめたらどうですか」

「それが、店の方針でホステスは皆、寮に住んでいて男を入れることができないんですよ」

「じゃ、どこで会うのです」

宮下は恥ずかしそうに横を向いた。

「普通のお嬢さんを誘うように、外で会っていた訳ですね」

「そうです」

「ホテルで？」

「いえ、そこまでは」宮下は憤然とした。「身持ちが堅いのです、あの子たちは。昼間は美容専門学校に行ってますしね。学生ですから。日本の尻軽女とは違うのです」

言葉を失った私は初《うぶ》な宮下を見つめた。この男は本気で、その『有美』という女に惚れてしまったらしい。どう考えても、宮下が『有美』に騙《だま》されているとしか思えなかった。しかし、宮下は唇を舌で湿してから、思いがけないことを語った。

「でも、僕はどうしても知りたくて、翌朝、彼女の部屋の前に行ってしまったんです。せめて犬の吠える声でもしないかと思って。たかが犬だけど、僕には愛情の証《あかし》なのです。僕の代わりだと言ったのですから。そうしたら、ゴミの袋を持った有美がたまたま出て来ました。そして僕の姿に驚いて、こう言うのです。『犬は本当は死んでしまったのだ。思い出すと辛いので言わなかった』と」

「有美さんに怒りましたか」

「泣きだしたので何も言えませんよ。それに、寮は他のホステスもいますから、すぐに帰るように懇願されました」

「じゃ、私はそのペットショップに行って、犬を確かめればいいのですか。血統書はありますか？」

「いや、それは有美が持ってます」

「領収書は」

「それも有美が持ってます」宮下は付け加えた。「あと、有美のところにも行って確かめてください」

「その犬が本当に死んだかどうかですか」

「いや、心を確かめたい」

それは無理だ。

「やはり、お断りします」私ははっきり告げた。「今、他の調査で忙しいですし、あなたのご依頼に添える報告は不可能です」

「でも、あなたしか頼める人がいない」

宮下は縋《すが》るように私を見た。私は立ち上がった。

「無理なご依頼です。どうぞお帰りください」

宮下が帰った後、少々気分が落ち込んだ。どう考えても、私にはできない。いや、やりたくない仕事だった。買ってやった犬がペットショップに戻っている、だが有美は死んだと言い張っている、と言う。女が男に内緒で戻しに来たのかもしれないし、ペットショップと女たちとの間で、何か秘密のルートがあるのかもしれない。あるいは、宮下の勘違いとも考えられる。似たようなペットを見分けるなど、私には至難の業に思えた。宮下が知りたいのは、ただひとつ。あの女の心の中なのだ。そんなことは誰にもわからないではないか。あれこれ考えながら、宮下に出した麦茶のグラスを洗っていると、電話が鳴った。妻の素行調査を頼んでいるカメラマンからだった。

私は報告書に纏《まと》めようとしていたこれまでの経緯を掻い摘まんで話した。この三週間もの間、妻が近所以外に一人で外出したのは、全部で五回。仕事の打ち合わせが三回。後の二回は親しい女友達との食事とお喋りだった。

「そうですか。こんなこと頼んで空しくなってきたな」

中沢は自嘲的に言った。私に依頼した時は、嫉妬妄想ではちきれんばかりだったのだ。彼の自嘲には、安心感も潜み始めている。

「どうしましょう。もう、やめましょうか」

「いやあ」と彼は考えている。「今、あいつは忙しいからあんまり出られないんですよ。あと一週間もしたら、暇になるようなので」何か出てくるかもしれない、という言葉を彼は口に出さなかった。

「わかりました。じゃ、もう少し続けましょう」

「明日、あいつ出かけるらしいんですよ」

「どちらか、わかりますか」

「わかりません。どうしてわかったかというと、何となくそわそわしているからなんです。どっか上の空ですしね」

こういう時の夫の勘を馬鹿にはできない。妄想に囚われた人間の予感というものを、私は時々、そら恐ろしく感じることがあった。

「それでは、朝からマンションの前におります」

「そうしてください。何かわかれば、あなたが出る前に電話を入れますから」

安心したように夫は電話を切った。

私は、メモに「五月十日　荻窪待機」と書きながら、これも愛情を確認する仕事に違いないのに、どうして宮下にはにべもなく断ったのだろうとまた考えた。答えは簡単だった。裏切られた愛情はわかりやすいのに、本物の愛情は確認しにくいからだ。宮下は一番わかりにくいものを欲していた。

翌日も五月晴れの好い天気だった。私は中沢が家を出るという十一時前には荻窪に到着していた。彼らの住まいは、駅から程近い瀟洒《しょうしゃ》な白タイル張りのマンションだった。私はその前の小さな児童公園のベンチで、目立たぬように待っている。カメラ機材を沢山抱えた中沢が出て来て、横の駐車場から紺のボルボで出かけて行った。サイドミラーで私をちらと確認するのが見えた。二十分後、妻が澄んだ色合いのピンクのスーツという目立つ格好をして現れた。目立つ服装は有り難い。私は尾行を開始した。

妻は吉祥寺経由井の頭線で渋谷に出た。のんびりと道玄坂を上って東急Ｂｕｎｋａｍｕｒａの美術館に入って行く。印象派の展覧会を見た後、ドゥ・マゴのバーで誰かを待っている様子だ。ついに相手が現れるのだろうか。私はバーの隣の洋書屋で、やや緊張して待った。だが、やって来たのはいつもの女友達だった。この間も歌舞伎町会館の中の台湾料理屋に一緒に行った女で、一番仲が良い。背が高くて服装の趣味も悪くない、いい女だ。二人は、ワインを飲みながらお喋りに興じ、それから東急デパートに行った。二人は家庭用品から寝具売り場、そして洋服売り場へと歩き回っている。この日も徒労に終わりそうだった。疲れた。そう思った途端、緊張の糸が切れたのか、私は二人を見失ってしまった。追尾不能。この報告の電話だけはかけたくなかったが仕方ない。

夕刻、がっくりして帰って来ると、郵便受けに包みが入っていた。WAVEの包み。中に私の探していた映画のサウンドトラック盤のCDが入っている。トモさんがわざわざ探して買って来てくれたのだろう。私は礼を言うために彼の部屋を訪ねた。

「トモさん、有り難う」

トモさんは、そろそろ店に出ようとしていたところらしく、アイロンの掛かった白いシャツを第一ボタンまで留め、タックの入った黒のパンツに着替えていた。

「これを探してくれたでしょう」

CDを見せる。トモさんは首を振った。

「俺がそんな親切な訳ないだろう」

その通りだった。私はすぐに宮下を思い出した。

「もしかして、宮下さんかしら」

「誰」

「昨日の不動産屋さん。あたしはあの人の前でしかこの話してないもの」

「何でくれるんだよ」

私は首を捻《ひね》り、もしや、これはあの女の愛情を確かめてほしいという彼の依頼なのではないだろうかと思った。そうなると、たった一枚のCDでも重く感じて、私は取り落としそうになる。トモさんは鏡に映る自分の姿を検分しながら、関心のない口調で言った。

「あなたに気があるんだろう」

「違うのよ」

私は宮下の依頼を簡単に説明した。

「恋愛相談か、困ったもんだね」トモさんは苦笑した。「適当に言ってやればいいじゃないか」

「旨いことを言う訳？」

「そう。本気だ、とか何とか」

「それじゃ、探偵じゃなくて占い師になってしまう」

私は笑いだしたが、トモさんは他人事と思って言い放つ。

「なればいい。儲かるぜ」

部屋に戻ってから、私は宮下の名刺の電話番号に電話した。

「宮下はおるにはおりますが、どちらさんで」

感じの悪い男の応対の後、ようやく宮下本人が出て来た。

「お電話替わりました。宮下ですが」

「村野です。CDを郵便受けに入れてくださったのはあなたですか」

「あ、そうです。差し出がましくてすみません」

「いいえ、有り難うございます。お金を払いますから」

「とんでもないです」

「だって、仕事もお引き受けできませんでしたし」

「いいのです。僕は昨日、肝心のことを言ってなかった。実は、僕は」

彼は言葉を切った。私はしんとして聞こうとした。背後から怒鳴り声が聞こえた。

『おい、私用電話いい加減にしろよ。一番に電話！』

「あ。すみません、これで失礼します」

と、宮下は躊躇いを残しつつ電話を切った。何となく、宮下の状況が窺えるような職場の雰囲気だった。私は宮下が何を言いたかったのだろうかと訝《いぶか》しんだ。

夕食を作っている時、カメラマンの中沢から連絡があった。家に電話してみたら、もう妻は帰っていると言う。私は追尾不能になったことを謝った。

「これ以上、突っついても何にも出ないだろうから、もういいですよ」

「そうですね。私が調査していることは、奥様には気付かれてませんよね」

「絶対に大丈夫だと思いますけどね」

「なら、中沢さんの思い違いじゃないでしょうか」

「やっぱり、そうかな」

中沢は自分に納得させるように呟いた。私たちは調査を中止することにした。中沢は最後に言った。

「ま、ほっとしましたよ」

結果として、彼らは夫婦の愛情を確認したことになるのだ。そう思うと、不思議な気がした。


一週間後、私はあるニュースに衝撃を受けた。朝刊の社会面に、宮下が職安通りで刺殺されたという記事が載っていたからだ。記事によると、五月十六日の夜八時頃、職安通りの大久保寄り路上で、『助けてください』と繰り返す小さな声がした。韓国料理店の従業員が外に出てみたら、若い男が血だらけで倒れていたという。それが宮下だった。宮下はすぐに病院に運ばれたが、出血多量で途中で死亡。鋭利な刃物で胸を数箇所刺されていた。目撃者なし。宮下はまだ二十七歳だった。

しまったという思いが強くあって、私は内心慌てていた。宮下が最後の電話で、「実は、僕は」と言いかけた続きが聞きたくてしようがなかったのだが、もう永久にわからないのだ。

『助けてください』という遠慮がちな最後の言葉も、宮下らしいという気がした。女を連れていた得意げな顔も、オムライスを食べている時の淋しげな姿も、すべて切なく思い出され、私は宮下に、絶対死んでほしくなかったのだと思い知らされた。私は北海道の父に電話を入れてみた。

「お父さん、職安通りで知り合いが刺されて死んだんだけど、もう少し詳しく知りたいの。新宿署か本庁か、誰かに聞いてくれないかしら」

「それは構わないが」父は心配そうに答える。「いったい、どんな知り合いだ」

説明すると、父は即座に反対した。

「知り合いというほどでもない。やめておけ」

その通りだった。だが、父に言えない思いもある。父は何か察したのか、十五分後に折り返し電話をしてきた。

「新宿署の刑事に教えて貰った。その一件は手を出さない方がいい」

「どうして」

「中国マフィアの仕業らしいと言っている。最近、新宿で暗躍してるらしい。一人十万くらいで殺しを請け負うというから、その宮下という男も、中国人の女を巡って恨まれたんじゃないか」

宮下は手放しであの女に惚れ込んでいた。何か、しでかしたのかもしれない。

「悪いことは言わない。首を突っ込むな」

近頃の新宿は様々な国の人間が入って来ていて、利権を守るためにせめぎ合っている、と聞いてはいた。しかし、それは私には関係のないことだと思っていた。だが、宮下の死によってその話が俄《にわか》にリアリティを持って迫って来た。宮下は女を愛するあまり、きっと禁断の扉を開けてしまったのだろう。それは何か。危険だという父の忠告もわかるが、彼がなぜ死んだのか知りたいという気持ちも強かった。幸い、中沢の仕事も終わったばかりだ。腕時計を見ると午前十時過ぎ。もう店は開いているだろう。私はとりあえず、宮下が語っていた『フレンズ』というペットショップを覗いてみることにした。

店は、歌舞伎町の西の外れにあった。一階が大きなペットショップで、二階が喫茶店。ペットショップの前には、かなり大きな檻が三つ出してあり、育ち過ぎた子犬が三頭入っていた。ゴールデンレトリバー、ハスキー、黒のラブラドールレトリバー。

「クロ、クロ、来い」

ホームレスの男が、黒のレトリバーにフライドポテトを差し出しているが、犬は気力もなく哀しげに頭を下げたままだ。

私はまだ開けたばかりの店内に入って行った。店の中には、動物たちの異様な臭いが立ち込めていた。絡み合ったニシキヘビや、見たこともない美しいトカゲのガラスケースが窓際に並び、グリーンのカーペットを敷いた床には切り株に似たリクガメが蹲《うずくま》っている。子犬や子猫はそれぞれ十四近くおり、皆、爬虫類のために温度を上げてある店内で暑さに伸びていた。『チワワ（ロング）』と書いてある檻で犬に見入っていると、女店員が話しかけてきた。

「抱くこともできますよ」

私は振り向いて店員を見た。四十代。手術着風のブルーのユニフォームを着ている。

「じゃ、抱かせてください」

店員は鍵を開け、私の両手の上に、軽くて痛々しいほど小さい動物を載せた。犬は、震えながら大人しく目を閉じている。

「可愛いでしょう?」

「ええ。でも高いわ」

私は値段を指さした。「二十八万」とある。

「この色は高いんですよ。でも、少しはお勉強しますけどね」と女は曖昧に笑った。

「あのね、この犬、あたしの知り合いの犬にすごく似てるみたいだけど。まさか下取りとかなさいませんよね」

「いたしませんよ、そんなこと」店員は憮然とした。「中には、やはり飼えないと言って返される方もいますけど、下取りなんかはしませんよ。生き物ですから」

「じゃ、この犬がその犬ではないという証明はできるんですか」

「血統書が全部付いてます。それに全部特徴が入ってますから、擦《す》り替えるなんてことはできませんよ」

「実は『夢の壺』の方から聞いたんですけど」試しに言うと、店員は緊張を漲《みなぎ》らせた。「ここでお客さんに買って貰うと、またそのペットを買い戻してくれるって」

女は急に辺りを憚った。

「いったい誰に聞いたんですか」

「ママさん」

私は出まかせを言った。

「嘘ですよ、そんな噂。『夢の壺』なんて知らないし」

店員は最初迷惑そうな顔をしていたが、次第に憤然としてきた。

「だから、『夢の壺』のママさんだって言ってるでしょう」

「何のことを言ってるのか、さっぱり」

店員は私の腕から邪慳《じゃけん》に犬を取り上げ、檻に戻した。

「じゃ、有美さんが返したって話は嘘なのかしら」私は聞こえよがしに呟いた。「他にもそういう人はいませんでしたか」

「いませんよ、失礼な」

そう言い捨てて、女店員はもう私に近寄ろうとはしなかった。反応が過剰ではないか。何か合図を送ったのか、店主らしい中年男が私を凝視しながら奥から走り出て来た。私は開けっ放しになった自動ドアから、さっさと飛び出した。

私は午前中の白々とした歌舞伎町を歩いた。宮下のような地味なビジネススーツを着た男たちが、目に見えない喧噪を探しているように、寂しげに昼の街をうろついている。職安通りを大久保側に道路を渡った。南米人か中東人か、彫りの深い男たちが歩道にずらっと座り込んで私を眺めている。明治通りの方向に数分行くと、韓国料理屋が並ぶ袋小路の入り口に茶色い砂が大量に撒《ま》いてあるのが見えた。砂の下にまだ宮下の血が黒く残っていた。この血が乾き切ってすっかり消えてしまうまでは、死者のことを考えていようと決心した。

ようやく探し当てた『夢の壺』は、区役所通りに面した細長い雑居ビルの中にあった。店の名からしても、『有美』という日本風の源氏名にしても、中国人の店には思えなかった。日本人の客が偽装を好んでいるせいか。それとも、日本人社会で無用に目立ちたくない、という中国人の智恵なのだろうか。雑居ビルは怪しまれずに店の前に行ける。私はエレベーターを使わず、階段を上がって三階のフロアに行ってみた。昼間のフロアは薄暗く、店の前はいずれも綺麗に片付けられていた。『夢の壺』の他に、『絹』という会員制クラブと、『ブラックダリア』という店が並んでいる。『夢の壺』で、有美というホステスに会う方法はないだろうか。それにはまず、客として行くことから始めるのが無難というものだろう。私は、帰る道すがら、誰を客として送り込もうかと考えていた。

「ねえ、アルバイトしない」

午後、私はトモさんにさり気なく切り出した。トモさんは、曲をモニターしてテープにダビングする作業をしていた。一曲ずつ好みの曲を選んで、店でかけるテープを作っているのだ。ソウル編を作っているらしく、ダリル・ホールの新譜の次を何にするか迷って、膨大な量のCDが収まった棚の前で悩んでいた。

「あたしを上海クラブに連れて行ってくれるアルバイト」

『夢の壷』は夜八時から開く。トモさんの店を誰かに任せない限り、トモさんと行くのは無理な注文なのだが、彼以外に頼める相手はいなかった。

トモさんは、注意深く機器のスイッチを入れた後にヘッドフォンを外し、問うように私に目を向けた。

「『有美』っていうホステスに会ってみたいの」

「あの仕事は引き受けなかったんだろう」

私は宮下が殺されたことや、父が中国マフィアの仕業だと言っていることを説明した。トモさんは苦い顔で腕時計を覗いた。

「幾らで」

「できれば五千円。ただし飲食費は私の払い」

「いいだろう」彼は承知した。「俺が女に興味のあるふりをすればいいのか」

「それにしては安過ぎるかしら」笑うと、トモさんは眉を寄せた。

「その件、突っ込むの、危なくないか」

「あの人たちにはあの人たちの理屈があるんでしょうし。でも、その理屈までわかろうとは思っていない」私は曖昧に言った。どこまで関わろうとしているのか、自分でも良くわかっていなかったのだ。「だけど、宮下さんが知りたかったことだけ調べてみようかと思って」

「そして墓前に報告か」トモさんは意地悪く笑った。

「まさか。ただの好奇心よ」

これは私の賭けなのだと思っていた。一度は無理だと断ったことに再度挑戦する。つまり、人の気持ちを計ることに客観的な証拠をどれだけ集めることができるかということだった。それを、宮下の血の痕がすっかりなくなるまでの間にするのだ。私は密かに期限を切った。トモさんは事務的だった。

「わかった。今日、うちの店は十時に開けることにする。貼り紙でも貼っておこう。ただし、今夜は俺が一人で行く。あなたを連れて行くのは、女連れでも行けるのかどうか探ってからにしよう。てことは二日で一万だがいいかい」

「仕方ないわ」値切りたいところだったが、私は商談を成立させた。

夜、私は伊勢丹の向かい側にある目立たないバーで、トモさんを待った。十時少し前、麻のスーツを着たトモさんが『夢の壺』から戻って来た。

「予想外にいい女が沢山いたよ。女の同伴もOKだ」トモさんは、派手なプリントのタイを緩めながら、いきなりウオッカのストレートを注文した。「ただし、『有美』はいなかった。顔がわからないから指名したけど、今夜は休みだというんだ。明日は出て来ると言っていたから、明日一緒に行こう」

「宮下が死んだのが、ショックだったのかしら」

トモさんはウオッカを呷《あお》った。

「したたかだから、恋愛をしていたかどうかはわからないだろうな。あそこの女は男に甘えるのが上手い」

「どういう風に」

トモさんは苦々しく答えた。

「中国にいたらこんなことはしていない、というプライドを態度の端々に覗かせているとかな。苦学生を匂わせて身持ちはいい、とアピールしている。その癖、最初から俺の膝に触る」

客はそのパラドックスに心乱されるということか。私は、思いもかけず戸惑ってしまったような、トモさんの苛立ちを浮かべた横顔を見た。

「オーナーは台湾人の三十代前半、見るからに遣り手の女。チーママも台湾人。だが、使っている女たちは皆、上海出身だ。ただ、ナンバーワンが一人だけ北京からだと言っていたな。それが『有美』だ」

「有美だけが北京出身なら苛《いじ》められたりしないのかしら」

「あるかもしれない。言葉も違うらしいしね。俺たちはみんな一緒に中国人と言ってるが、全然違うのだろう」

「有美は本当は何て名前なの」

「皆、絶対に本名は明かさない。どこの学校に行っているということも言わない。ビザの関係上、やばいことは口にしないようにしている。タブーが多いし、連中は口が堅い」

やはり面倒な仕事だ。いったい、どこから手を付ければいいのか。

「ひとつ面白いことがあったよ」トモさんは思い出したように言った。「隣にある『ブラックダリア』という店。あれはレズビアンバーだ。あなたが行けば情報が聞けるかもしれない」

「誰か詳しい人はいない」

私は、やや怖《お》じ気《け》づいた。

「聞いてみよう。もしかすると、二丁目のレズビアンバーの知り合いが何か知っているかもしれないからな」

トモさんはすぐに電話をかけに行き、長いこと話していた。

「『ブラックダリア』には誰も知り合いはいないようだ。ただ、二丁目のレズビアンバーの経営者の話だと、そこはかなりハードな場所だというんだ。怖いもの見たさのOLなんか絶対行かないらしい。どうする」

「ゲイのあなたを上海クラブに行かせたんだから、あたしが行きたくない、とは言えないじゃない」

トモさんはにやついてウオッカをもう一杯注文しただけだった。

トモさんと別れた後、私はそのまま『ブラックダリア』に向かった。黒と赤を効果的に使った内装が美しい。男仕立てのスーツを着た女が出迎える。髪を真ん中分けして金色に染めている。体は逞しく引き締まり、スーツの肩の辺りも筋肉で盛り上がっていた。

「ご指名はございますか」

「いいえ。初めてなので」

案内されて奥に入って行くと、男装した女たちが「男」の目で私を追い、私は一瞬、自分が何者なのか、訳がわからなくなった。

「俺は」という低い声があちこちから聞こえ、肩を怒らせた仕草が目に付いた。男以上に「男」が剝き出しにされている点は、女を過剰に演じてしまう二丁目のゲイと同じだった。

「いらっしゃいませ」

作った低い声で、別の「男」がやって来て挨拶をした。私より少し若く、他の「男」たちが光る生地のスーツで水商売風なのに比べ、その女は明らかに海外ブランドのスーツで「男前」が上だ。それに、ほとんどの「ホスト」が短髪なのに、その女だけは長い髪をオールバックに撫で付けて後ろで束ね、男とも女とも付かない不思議な雰囲気を漂わせている。

「店長の五十嵐でございます。これからもよろしく」

五十嵐はスツールを引き寄せ、男のような挙措で私の前に座った。

「ボトルはどうなさいますか」

私は懐具合を心配しながらもスコッチを入れ、煙草をくわえた。横に座った「少年」から、さっとライターが出る。

「どんなお仕事をなさってるんですか」

五十嵐は伏し目がちに私に尋ねた。その優しげな表情は何かを思い出させた。この「男」は見たことがある。私が答えなかったので、五十嵐は、「ここはいろんな方がいらっしゃいますよ」と、答えを促すように言った。

「イラストレーターの方とか？」

私は、中沢の妻の相手を五十嵐の中に確認していた。自分の失敗がつくづく思い知らされる。女ということに安心して、五十嵐の身元を調査してなかったのだ。仲の良い女友達と思っていたが、恋人だったのだ。

「中沢夫人、よくいらっしゃいます？」

完全に男になっている五十嵐は、太い眉を顰《ひそ》めた。

「たまにね。お友達ですか」

「いいえ。私は、探偵なんです」

私は五十嵐の目をまっすぐ見つめた。その目にたじろぐ色が出たのを確認した。五十嵐と中沢の妻は、夫が探偵に調査を依頼したことを知っていたのだろう。だから、五十嵐はいつも女の格好で現れ、あたかも女友達を装っていたのだ。

「珍しいお仕事ですね」

五十嵐は目を伏せ、それから、ちょっと失礼、と店の奥に行こうとした。私は呼び止め、思い切って打ち明けた。

「もう中沢さんのことは済みましたから。私もあなたのことは気付かなくて、甘い調査をしてしまいました。でも、ご主人はほっとされたようです。あちらは安泰だと思いますよ」

五十嵐が顔を上げた。

「そうですか。俺はばれてもよかったんだけど、あの人が困ると思って」

いつの間にか、私の隣にいた「少年」はいなくなり、五十嵐だけが私と向き合っていた。

「私は別の用件で来たのですが、助けていただけませんか」

五十嵐はちらと私を見た。取引だとぴんと来たのだろう。

「いいですよ。俺でできることがあれば」

五十嵐は自身の煙草に火を点けた。親指と人差し指で囲うように持っているのが、様になっている。

「隣の『夢の壺』のことなんですけど。あそこに出入りしていた男が昨日の夜、近くで刺し殺されたのご存じ？」

「職安通りで、でしょ。男が殺されたのは知ってますけど、隣の店に来てたのまでは知りませんよ」

「『夢の壺』の有美さんと付き合っていたのよ」

「ああ、あの超マブな女。うちにも熱上げてるのがいます」

五十嵐は男っぽく肩を竦めた。そして、「ほら、あいつです」と入り口付近に立っている、ラベンダー色のスーツを着た「男」を指さした。

「おい、ちょっと来い」

女子プロレスラーにでもいそうな、厳《いか》つい若い「男」がやって来て、私の横に脚を広げて座った。

「おい、隣の有美ちゃんの話、聞きたいんだって」

「はあ」と女子プロレスラーは照れて笑う。

「彼女はどこに住んでいるの」

「大塚のマンションですよ。あの台湾の女、『寮』とか言って、マンションに押し込めて管理してるんですよ。男が付かないようにね」

「そこはペットとか飼えますよね」

「飼えると思いますよ」と、怪訝《けげん》な顔をする。「何で」

「彼女に犬を買ってやった客が、その犬がまた店に戻って来ていると言ってるからよ。だから、愛情を疑っているの」

五十嵐は、心配そうな顔になった。その客が殺された当人だということを、薄々悟ったからだろう。聡《さと》い女だった。

「犬を下取りに取らせるぐらいは、きっとやりますよ」と五十嵐。

「下手すると、ペットショップごと、丸抱えしてるんじゃないすか。客に買わせて、店に戻し、また売る。いい商売だな。なんちゃって」女子プロレスラーが混ぜ返す。

「だけどさ。有美はナンバーワンだし、店の方も一人の客にそんな独占させるようなことさせませんよ、絶対に。だから、犬ごときでその客も熱くなっちゃ、どうしようもないよ」

「有美という子は、恋愛も禁じられているのかしら」

「そう思いますよ。だいたい、あいつら男を手玉に取ってるからさ。もともと恋愛なんかしないんじゃないすか。俺がいくら色目使ったって、俺のことなんか、目にも留まってない感じだもんな。それに引き抜きも多いから、警戒心もすごく強い」

私は『夢の壺』の大塚の寮の場所を聞いた。女子プロレスラーが他のテーブルに行くと、五十嵐が低い声で尋ねた。

「あの殺人て、やばい噂があるのご存じですか」

「中国マフィアの仕業だってことですか」

「そうです、良く知ってるなあ。今まで、どうしてそんな関係のなさそうな日本人が殺されたんだろうと思ってたけど、その男、有美と調子に乗り過ぎてママさんの逆鱗《げきりん》に触れたんじゃないですか。あの女、遣り手だからさ。邪魔な男を消してくれってマフィアに頼むぐらい、訳はないですよ」

五十嵐は男の表情になって罵った。

「そのことを知ってそうな人はいないかしら」

心のどこかで、これ以上関わるな、という声がしていたのだが、気が付くとそう尋ねていた。

「いないこともないけど」

怖いですよ、という言葉を、五十嵐は口の中だけで呟いた。そして、ポケットから出したアドレス帳を隠すようにして、紙ナプキンに新宿区内らしい電話番号と、「英子」と書いた。

「この人はね、本当は陳英姿《チエンインツ》という中国人です。俺の元の恋人。夜中は働いてるから、電話するなら午後にしてやって。俺の紹介だって言えば、やばいことも教えてくれますよ」

帰りしな、他のテーブルにいた五十嵐が戻って来て耳許で囁いた。

「好みの子はいましたか」

「あなた」五十嵐の手を握った。骨張った指だった。

五十嵐は強く手を握り返し、離す時に指先で私の掌を軽く掻いた。その女性的とも言える愛撫は、中沢の妻の柔らかな美しさを思い起こさせた。映画を見て貰い泣きしていた女、ピンクのスーツ。どちらが男でどちらが女なのか。いかようにも変化する恋愛があるのかもしれない。トモさんが時々私に見せる、細やかな心遣いや意地悪さ、そして強さ。きっと、私の知らない私も存在するのだ。妖しさに酔った私は、雑居ビルの廊下で目眩《めまい》に堪えていた。

五十嵐に言われた通り、翌日の午後遅くに電話をした。十回近くコールを鳴らした後、ようやく眠そうで不機嫌な声の「英子」が出た。掠れ声で、明らかに外国人らしい訛《なま》りがある。

「村野といいますが、『ブラックダリア』の五十嵐さんのご紹介で」英子は五十嵐の名を聞いて、表面の氷が割れたように笑いだした。「お会いして、お話を伺いたいのですが」

「いいよ」

何の話、とも聞き返さず、気軽な調子で英子は自分のいるミニクラブの場所と名を教えてくれた。場所はやはり歌舞伎町。名は『玉蘭《ぎょくらん》』。午前一時から五時まで営業している。私は手帳に書き取った。『夢の壺』の後に寄った方がいいだろう。五月の空はだんだんと暮れてゆく。新宿からビジネスマンが去り、夜の人種が活躍を始める時間だった。


「ご指名、有り難うございます」

有美がたどたどしい日本語で礼を言い、にっこり笑ってまずトモさんに目を遣ってから、連れの私を見た。翡翠《ひすい》を思わせる美しい色のチャイナドレスを着ている。

「素敵な服ですね」

「今日は水曜だから、これ着る日です」

有美は店内を指さした。白く明るい店の中は、色鮮やかなチャイナドレス姿の美しい女で溢れ華やかだった。客は各テーブルを埋め尽くし、店は大繁盛だ。コーナーに置かれた花瓶の中の薔薇は皆、造花だった。

「お客さん、前に来たことありますか」

有美が馴れた手付きで水割りを作りながら聞いた。カラオケが始まり、日本人客がホステスと一緒に中国語でデュエットしているのが耳障りでうるさい。トモさんは頷いて、有美の輝く顔を眺めた。トモさんの目に賛嘆の色が浮かんでいるのを私は確認した。宮下の死は、有美の美貌に影を落としてはいないようだ。近くで見ると、美しいだけではなくて芯も強そうだった。

「お客さんも?」

有美は若い娘らしい好奇心を露《あら》わにして、私を見つめた。私とトモさんが恋人同士なのか、見極めようとしている。

「私は初めて。皆さん、綺麗な人ばかりで楽しいわ」

「そう。是非、また来て」

たどたどしい会話が続いた。他のテーブルも同様で、日本語の上手くない女たちが控え目に微笑んでいる。

「あなたは北京の人?」

「そうです」

「北京では何をしてたの」

「大学で水泳選手してました」

道理でスタイルがいいのか。大胆なスリットから筋肉質の長い脚が覗いている。

「今は泳いでいないんだ」

「泳ぎたいけど、なかなか行くところないね」

有美は俯いた。伏し目がちになると芯の強いイメージが消え、夕闇のクチナシのような表情になる。トモさんは黙って酒を飲んでいる。会話が途切れた。

「ねえ、犬なんか好き？」

ええ、と有美が頷いた。

「好き。帰ると誰もいなくて寂しいから」

「独りにしないで」という有美の言葉が蘇る。それを聞いた宮下の心は、さぞや痺れたことだろう。

「じゃ、飼ってないのね」

「はい、いた。小さいの。チワワ」

有美は手で示した。それはちょうど私が掌に載せた犬とほぼ同じ大きさだった。

「その犬、名前は何ていうの」

「シーホワン」

有美は紙ナプキンにボールペンで漢字を書いた。「喜歓」とある。達筆だった。

「どういう意味なんだろう」とトモさん。

「ダイスキという意味です」

有美ははにかんだように答えた。

「いい名前ですね」

「だけど、死んでしまいました」

有美は急に涙ぐんだ。宮下のことを思い出させてしまったのか。

「あの、ベランダ、から、落ちて死にました」

答えないと悪いと思ったのだろう。途切れ途切れに答える。犬がベランダから落ちたなど聞いたことがない。有美は残念そうに首を振った。

「ねえ、恋人とかいないの？」

黒服の痩せた男が音もなく側に立った。有美が、すみません失礼します、と慌てて涙を拭いて他のテーブルに移って行く。マネージャーは私たちの様子を見て、飛んで来たらしい。黒地に豪華な刺繍《ししゅう》の入ったチャイナドレスを着た、やや小太りの女が現れた。

「ママさんだ」とトモさんが囁いた。

挨拶と型通りの乾杯を済ませると、彼女は率直に聞いてきた。

「有美に何を言ったのですか」

「ペットの話をしてたら突然泣きだしたんだ。何かあったの」

トモさんは何食わぬ顔をする。

「何もないです。あの娘、ちょっとナーバスね」

私はさりげなく顔を巡らせて有美の方を見た。有美は、初老の男の話にしきりに相《あい》槌《づち》を打っている。

「お客さん、いい男ね」トモさんの煙草に素早く火を点け、ママは話を変えた。「何してる人ですか」

「会社員だよ」

トモさんの嘘を見破ったのだろう。そうですか、と彼女は曖昧に笑った。話も弾まず、私は何かを探りに来ていると見破られている気がして落ち着かなかった。私がいるために女の仕事をしにくい、という苛立ちも彼女の目の中にある。またマネージャーが来る。ちょっと失礼、とママは隣のテーブルに移りながら、トモさんの耳に口を近付けた。

「彼女、今何て言ったの」

「『今度は一人で来てね、有美を付きっ切りにさせます』だって」

「ペットのこと、どう思う」

「わかんないよ。宮下が買ってやった犬がいないことだけは確かだけど」

「犬が落ちたのなら、マンションの住人が知ってるかもしれないわね」

私はうさぎの耳の形に皮を切ったリンゴを齧《かじ》った。ツマミはピーナッツと、フルーツの盛り合わせが運ばれて来ていた。

「それ乾いてないか。よく食べられるね」トモさんは低い声で続けた。「俺たちサツだと思われてる」

私は周りを見回した。指名した有美は戻って来ないし、ママも別のテーブルに移ってしまった。私たちのテーブルだけは誰も寄り付かない。

トモさんは隣のテーブルにいるロイヤルブルーのチャイナドレスを着た女に文句を言った。

「おい、こっち誰も来ないの」

すぐに黒服のマネージャーが頭を下げた。

「すみません、お客さん。今日、休みの子、多いね」

マネージャーがスツールに半分腰を浮かせて薄い水割りを作った。作ってしまうとまた消える。我々は明らかに警戒されている。これでは有美に何か聞くことなどできやしない。他の場所で捕まえるしかない。やがて、野暮ったい女が付いた。真っ赤なチャイナドレスを着ているが、女には派手過ぎて、逆に不細工に見える。

「美喜です」

目が細い。二十歳前後にしか見えないが、世間というものを良く知っているしたたかさがある。

「お仕事儲かりますか」

うねりの激しいイントネーションで尋ね、美喜は自分のための薄い水割りを作って乾杯の真似をした。変なのが来たな、というようにトモさんが失笑した。

「たいして儲からないよ」

「あたしもたいして儲からないです」

「そうか」とトモさんが投げ遣りに合わせると、突然、美喜が早口になった。

「ね、有美さんの引き抜きに来たの？」

「おいおい、俺たち、ただの客だよ」

「ほんとですか」

トモさんは勤め人には見えないのだろう。警察か引き抜きか、と思われているのなら、これ以上、ここにいるのは無駄だ。有美は別のテーブルで、中年男のグラスに氷を入れてやっていた。

「そんなに引き抜き来るの？」

「来ますよ。有美ちゃん、ナンバーワンだからね」

「だけど、あの子は北京から来たんだろう」

「そう。あたしたち、皆、上海だから、ちょっと違うね。北京の子はひと目でわかる。真面目」

美喜は日本語も上手く饒舌《じょうぜつ》だった。

「あなたはいつから日本にいるの」

「二年前です」

「有美さんと同じ寮に住んでるんでしょう」

美喜は、店の奥で終わったカラオケに、適当に拍手だけ合わせて頷いた。トモさんは自分で酒を作ってまずそうに飲んでいる。

「あの子は『喜歓』という犬を飼ってたけど、ベランダから落ちて死んじゃったんだって。どうしてそんな死に方したのかしら」

「ほんとに落ちた。みんなで大騒ぎになったの」

「いつ」

「十日くらい前かな」

宮下がペットショップで見た犬は、やはり違う犬だったらしい。なぜ宮下の買ってやった犬が死んでしまったのだろうか。

「こないだ、殺人事件があったでしょ。あれって、この近くですか」

美喜の顔が少し歪んだ。脅えているのだ、と気付くのに時間がかかった。私はママさんの方を窺ってから切り出した。

「本当のこと言うけど、実は私たちスカウトなの。あなたなら幾ら用意すれば来てくれる」

美喜は息を呑んだ。美喜はママさんとマネージャーの位置を確認した後、「それ、どんな店ですか」と声を潜めた。

「日本人の経営だけど、中国人ホステスを集めた店」

「ここじゃできないです。その話」美喜は急に早口になった。「外で」

「どこかで会いましょう」

「店が終わったら、この道を入ったところの『スワン』という喫茶店、行きます。見つかったら怖い。でも必ず行きますから、待っててください」

『夢の壺』に勘定を払って出ると、トモさんが言った。

「あんなこと言って大丈夫か」

「さあ」と私は首を傾げる。「わからないわ」

「俺は店に戻る。刺されないよう気を付けて歩けよ」

トモさんは自分の店を開けるためにさっさと二丁目に戻って行ってしまった。

『スワン』に行かなければならないが、まだ早い。時間を潰そうか、それとも早めに行って待ってようかと迷い、私はビルのエレベーターホールに立っていた。すると、客の見送りに出た『ブラックダリア』の五十嵐にばったり会った。

「昨日はどうも。もうお帰りですか」

今夜の五十嵐は黒のタキシード姿だった。男物のエナメルのスリッポンを履いていたが、私よりも頭ひとつ大きい。五十嵐は艶《なま》めかしい目で私を覗き込んだ。

「うちにも寄られませんか」

「また今度」

「いつにします」五十嵐の目は笑っていない。

「こっちが片付いたら」

「じゃ、協力しましょう」

「犬はベランダから落ちて死んだそうです」

「死んだ？　嘘じゃないすか。あの有美っていう女、『ホワイトパレス』っていう大久保のサウナに毎日来るそうですよ。韓国のアカスリサウナ。知りませんか。うちのホストがそのサウナで会ってね、いい体してるって興奮してましたよ」

そんなにいい体ならば、私も見てみたいと思った。それに店では話せないことも話すかもしれない。私は五十嵐の情報に期待した。場所は、宮下が殺された場所に程近い大久保だ。サウナには、早速明日にでも行ってみようと思った。

『スワン』は普通の喫茶店だが、客の大半は店が退《ひ》けたホステスや、風俗の女たちだった。二、三人で来て、煙草を吸いながら声高に喋っている。

美喜が風のように入って来て、私の前に座った。ジーンズに着替えた今は、まるで女子学生だった。

「学生さんみたいね」

「学生ですから。わたし、M女子大でコンピュータ習ってます」

美喜は誇らしげな表情で答えた。私は彼女を騙すことに若干の痛みを覚えた。はっきりさせた方がいいのかもしれない。

「だから若々しいのね。うちは高級クラブだから学生っぽいのは困るのよ。勉強、諦めてくれる？」

美喜ははっとして私の顔を見た。それから、それはできないという具合に何度も首を横に振った。

「でも、みんな学校に行ってるなんて嘘じゃない。就労ビザが取れないからでしょう」

「そんなことないです。私、あと二年勉強したら上海帰らなくちゃならない」

「どうして」

「卒業してしまうから」

卒業しなければいたいのだ、という風にも取れた。心の中では迷っているのだろう。

「帰ってどうするの」

「ビジネスします。だから今、ちゃんと勉強しないと」

「そう。なら、率直に言うけど、あなたは若過ぎる感じなので、あまりうちには向いてないと思うの。でも、ここに来ていただいたお礼はします」

美喜は口を尖らせた。

「ここに来るの、怖かったのに」

「ごめんなさい。お店のママさんが怖いのね」

「マネージャーの方です。店を替わりたいって言ったら殺される」

美喜とここで会っていることがわかれば、私も巻き込まれるかもしれない。その時ふと、宮下はスカウトマンだったのではないかという疑問が湧いた。「実は、僕は」と言おうとしたのはこのことではなかったのか。だとすれば、マフィアに付け狙われることもあり得る。しかし、あの顔は本当に恋をしていた。

「じゃ、有美さんが欲しいんですね」美喜は大きな息を吐いた。

「ま、そういうことかしら」

「でも、あの子怖いよ」美喜は呟いた。「犬がベランダから落ちたって言ったでしょう。あれ、有美が投げ捨てたのね」

私は呆気に取られた。

「有美は怖いよ。見てた人いたの。犬をゴミみたいに、ぽんと外に捨てたって」

「どうしてそんなことしたんだろう」

「さあ」と、急に弛んだ美喜は欠伸を洩らした。

「有美さんて恋人いない？　ヒモ付きは困るからね」

「いたけど死んだ」

「死んだなんて物騒じゃない。何かまずいことでもあるのかしら。そんなに評判が悪いのなら、スカウトなんてできないわ」

「評判悪くないです。有美さんは優しい人ですから」

「もしかして、有美さんにマフィアみたいな人が付いているんじゃない？」

美喜は言ったことを後悔したように、そっぽを向いた。有美に引き合いが多いのなら、宮下のような恋人は迷惑なだけだろう。二人が燃え上がれば周囲の者は困る。一人十万程度で、人殺しを引き受けてくれるのだったら、邪魔者を消すのは容易だ。

「ねえ、あと二年もこういう生活するの、疲れるでしょう。早く帰りたくない？」

美喜はしばらく考えてから、言葉を選んで答えた。

「わたし、上海に帰るけど、それは学校が終わってしまうからです。でも、できれば、日本人と結婚してこのままここにいたいです。一度結婚したら、離婚してもビザは平気で自由です。日本なら仕事沢山あるし、物も沢山あって幸せ。ここで暮らすの好きです」

私は彼女に二万払って帰した。嬉々として帰って行く美喜の後ろ姿。有美が宮下との結婚を考えたことはあるのだろうか、と思った。

すでに時刻は午前二時だ。しかし、歌舞伎町は酔っ払いと、電車がなくて帰れなくなった若者、盛り場を彷徨う得体の知れない人々とで、相変わらず賑わっていた。五月にしては暖かな陽気に誘われてか、裸同然に肌を露出して歩き回る若い女もかなりいる。何かを探してやまない男たちの視線は、若い女を見ながらも、そのまた先のネオンに照らし出された夜空に突き抜けているようだった。私は、永遠に得られない欲望を発散している街と人々とに違和感を感じた。そして、宮下の気持ちに私自身が囚われていくのがわかった。彼が有美の本心を知りたいと願ったように、私もまた、有美の心の中を知りたかった。有美の気持ちはどうだったのかを。本心も本名も決して明かさない女なのに。宮下に借金してまで買わせた犬を投げ殺した女なのに。

『玉蘭』はビルというには申し訳ない三階建てのマンションの端の部屋にあった。『玉蘭』と中国風の書体で書かれた紫色の看板は縁《ふち》が割れて中の蛍光灯が覗いている。ネオンは灯っているから営業しているのだろう。螺旋《らせん》状の外階段を上り、私は『玉蘭』の前に立った。黒いドアを押しても、いらっしゃいませ、とは言われなかった。代わりに、じろっと目付きの悪い女に睨まれただけだ。女はまだ二十歳ぐらい。似合わない赤と黒のスーツを着て、前につんのめりそうな赤いハイヒールを履いている。

「英子さん、いらっしゃいますか」

「英子、奥」

無愛想に顎で示す。私はうなぎの寝床のような細くて暗い店に入って行った。奥の茶のビニールレザー張りのソファに二人の男が腰掛けて、ビールを飲んでいた。一人は黒いスーツに黒シャツ。もう一人は紫色のスーツに濃茶のシャツだ。二人とも良く似た感じで、色黒。頬骨が目立ち、痩せている。ひと目で、日本のヤクザではないとわかる。紫のスーツの方が、私を横目で見た。恐怖で腹が冷え、顔が強張《こわば》る。

後ろ向きに座っていた女が振り向いた。えらの張った厳《いか》つい顔をしている。髪を真ん中分けにして、えらを隠すように外巻きの凝った髪形をしていた。黒いスリップドレス。二の腕の弛《たる》みから、歳は三十代後半に見えた。

「英子さんですか」

「そう、わたし」

と、英子という名の女は人差し指で何度も自分の胸を指した。

「私は村野といいますが、伺いたいことがあります」

「ユウタの紹介だね。いいよ、こっちへ」

ユウタというのは五十嵐のことなのだろう。英子は私を入り口の方にまた連れ戻した。目付きの悪い男たちには、入り口にいた女が入れ替わりに横に侍《はべ》った。

「話って何」

「職安通りで日本人の男が殺されたでしょう。その人は、上海クラブの常連でした。どうして殺されたのか、ご存じですか」

英子は私の顔をじっと見つめた。黒いアイラインがはみ出して、歌舞伎役者のような面相になっている。指は私の膝をそっと優しくなぞっている。

「どうして、そんなこと知りたいの」

「殺された人が知り合いだったから」

「どんな知り合い」

「トモダチ」私は嘘を吐いた。

「警察に言ったりしないよね」

「そんなことしたら、私が危ないでしょう」

そう言うと、英子は口を歪めて笑うような素振りを見せた。

「ちょっと待って。聞いてみるから」

英子は先程の男たちのところに行き、中国語で話し始めた。男たちが短く、甲高い声で応じている。英子が戻って来た。

「わかったよ。殺《や》ったのは上海の方だって。こっちはね、台湾だからね」

「ここは台湾グループ？」

「そう。あれは上海クラブの女の依頼で上海の方だってさ」

「ママさんの？」

ママは確か台湾出身と言っていた。私は混乱した。

「違うよ。そこのナンバーワンの、だってさ」

「有美という女ですね」

「知らないよ。北京の女」

「その理由は何なの」

英子は肩を竦めた。私は茫然《ぼうぜん》としたまま、英子に礼を言って立ち上がったが、足元がふらついた。

「今度、わたしと付き合わない？」

英子が素早く私の体を支えて誘った。

「わたし娼婦やってるけど、ほんとは女が好きなのよ。あっちは仕事。こっちは趣味」と白い歯を出して笑った。

「趣味があっていいわね」

やっとのことで私は答え、急いでミニクラブを出た。吐きそうだった。二丁目の自分の部屋に辿《たど》り着くまで、私は何度も後ろを振り返った。有美は怖い女だ、と言った美喜の言葉が蘇り、有美が差し回した男に背後から刺されるのでは、という想像が私を痺れさせた。しかし一方で、これで仕事は終わったのだ、という気がどこかでしていた。宮下の依頼は終わった。有美は宮下の犬を殺し、宮下を殺させた。宮下は有美に愛されていなかったのだ。

私は車の通行の途絶えた明治通りを渡り、また考え始めていた。あんなに仲睦《なかむつ》まじかったのに、彼はどうして愛されていなかったのだろうか。どうして急に殺されたのか。理由は何だ。

午前四時前。店から帰るトモさんの足音がする。私はそっとドアを開けた。廊下を忍びやかに歩いていたトモさんが私を認めて顔を綻《ほころ》ばせる。

「無事じゃないか」

「そう、話がある」

私はトモさんの部屋に行き、ミニクラブでの英子の話をした。トモさんは、いつもなら酒を出すのに、コーヒーを淹《い》れてくれた。

「つまり、宮下は愛されていなかったという結論に達した訳だ」

「自分の恋人に殺されたんだもの」

私は煙草に火を点けた。トモさんがコーヒーを白いマグに二等分している。

「でも」とトモさんが冷笑する。「殺したいほど愛してるってこともあるしな」

私は熱いコーヒーを飲みながら、独り言を言った。

「どうして宮下を抹殺したかったのかしら。それを聞かなきゃ終わらないわ」

トモさんは聞こえたのか聞こえなかったのか、売り上げを計算し始めた。

「トモさん。気持ちを証明するにはどうしたらいい？」

私が尋ねると、トモさんは電卓から顔を上げて言った。

「相手を殺してみればいい。自分の気持ちがわかる」

翌日はどうにか午前中に起きた。昨夜のことが思い出され、我ながら、よくぞ英子の店に行ったものだと、またも腹が冷えた。近くの自販機に煙草を買いに出たら、三〇二号室のゲイバーのママに会った。眉毛のない無化粧の顔で、二匹の太ったシーズー犬を重そうに抱き抱えている。ママは品を作って、トモさんの部屋の方向に顎をしゃくった。

「トモさん、最近どうしてる」

「元気ですよ」

「最近見なくてさあ、つまんない」

ママはトモさんのファンを自称している。私は、シーズー犬の毛に覆われて見えない目を探し、ペットショップのことを尋ねてみた。

「ねえ、ママさん。歌舞伎町の『フレンズ』っていうペットショップ知ってる？」

「この子たち、そこで買ったのよ」

「そこが中国のクラブと結託してるってことある？」

何、何、どういう意味なの。と、ママは焦って尋ねてきた。よいしょ、とシーズー犬を道路に下ろし、話をする態勢に入っている。

「犬をホステスにねだらせて客に買わせ、その犬をまた店に返して寄越して、ペットショップもクラブも儲かるって方式よ。問題の犬は、本当に死んだと言われているんだけど、私はまだ疑っているの。そういうことも考えられるかもしれないと思って」

私が詳しく説明すると、ママは呆れたように濁声《だみごえ》で否定した。

「それはないんじゃない。確かにあそこ、最近、評判悪いわよ。犬も東南アジアの安い犬を仕入れてるとか変な噂ある。だけど、そんなことしたら信用失うでしょう。その方が、損失大きいんじゃない」

「中国の人に儲けさせようとしないかしら」

「しないわよ」

「どうして断言できるの」

「だって、あそこのオーナー、韓国系よ」

今日も五月晴れの好い天気だった。そろそろ宮下の血痕も消える頃だろう。私は、最後に有美の気持ちを聞いてから終わりにしようと考えた。大塚の駅前、山手線の内側に降り立つと、都電が走っている。その線路に沿って坂を上って行った右手に、『夢の壺』のホステスの寮がある。寮といっても、アパートに近い古い四階建てマンションだ。

私は郵便受けを見た。中国名はなく、店での源氏名が小さく出ているだけだった。ナンバーワンの有美は一人で四階に住んでいるようだが、あとの八人は皆二人部屋だった。有美だけが別扱いということは、宮下の恋も邪魔が入ったことだろう。鉄製の階段がゴンゴンと響く音がして、勢い良く若い女が降りて来た。美喜だった。昨夜と同じジーンズにTシャツ。大きなナイロンのショルダーバッグを肩に掛けている。

「美喜さん」

「ああ、びっくりした！」

美喜は大仰にのけ反《ぞ》ってみせたが、その仕草は学生のものだった。

「ママさんには内緒よ。ね、有美さんは？」

「すごくしつこいね」美喜は笑った。「サウナ行きました。『ホワイトパレス』」

「早いわね」

焦った私は腕時計を覗く。ようやく十二時になるところだ。

「モーニング料金、安いからね」

私はなるほど、と頷く。早く行かなければならない。でも、その前に確かめたいことがあった。

「美喜さん、犬はどこに落ちたの」

まだ犬に拘《こだわ》っているのか、と呆れたように美喜は妙な顔をした。

「そこです」

美喜は夏草の茫々《ぼうぼう》と生えた手入れの悪い庭を指さした。

「そこに埋めてお墓もあるね」

私は駆け寄った。庭の隅に白く小さな石が置いてあり、お札が貼ってあった。私は庭に入り、墓に見入った。

「じゃ、さよなら」

自分は関係ないという態度で、美喜はさっさと歩きだした。私は美喜が行ってしまったのを見計らってから、墓の上の札を見た。「喜歓」と書いてある。木切れを拾い、試しに少し掘り返した。十五センチほど掘ったら、すぐに菓子の缶に当たった。蓋はガムテープで留められている。犬の墓に間違いないだろう。宮下の買ってやった犬はここで死んだ。私は人目を気にしながら土をかけ、それからタクシーを拾った。

『ホワイトパレス』は、職安通りを大久保側に渡り、細い道を入ったところにある。韓国人の経営するアカスリサウナで、二十四時間営業の店だった。その店の評判は私も聞いたことはあるが、行くのは初めてだった。宮下が刺されたところから数分の場所だ。こんなに近くで、自分に恋していた男が死んだばかりなのに、よくサウナに行けるものだ。

ペパーミントブルーの制服を着た外国訛りのある女性が二人出て来た。私は有美を捕まえようと、すでにアフタヌーン料金になった入浴料だけを払って中に入った。想像したよりも混んでいた。いかにも水商売風の女たちが、白のバスローブを着て、のんびりと行ったり来たりしている。私もお仕着せのバスローブを羽織り、有美を探しにロッカールームを出る。

「リラックスルーム」とある部屋を覗いた。化粧を落とした数人の女が椅子に横たわり、雑誌を読んでいた。ビールを飲んでいる者もいる。有美の姿はない。サウナに行ってみた。黄色いタオルを敷き詰めたサウナ室で、数人の女が熱気にじっと堪えている。奥にひときわ色の白い女が俯《うつぶ》せに寝ていた。体じゅうにぷつぷつと細かい汗が吹き出ている。臀《しり》が高くて腰が細く、若く美しい体だった。他の女たちも、彼女の美しさに遠慮したように、決して側には行かない。有美だ、と確信した。私は入り口付近に陣取って、有美に話しかけるきっかけを待った。

壁のハイビジョンテレビが、タヒチ辺りの椰子《やし》の木陰や珊瑚礁《さんごしょう》の海を映し出している。一番前にいる女が、こんな暑いとこにいるんだからもっと涼しいのを映せばいいのにね、と呟くと、ゴールドとダイヤモンドのアクセサリーをたっぷり付けた若い女が、くくっと笑った。

その声が聞こえたのか、有美が動いた。ゆっくりと体を起こして汗を拭き、立ち上がった。女たちが顔を背けずに有美の体を見つめている。私も筋肉質の完璧な裸体を凝視した。有美は私には気付いていない。有美は水風呂に入り、シャワーを浴びた。私は水を飲む振りをして待った。やがて有美はプラスチックの白い椅子に腰掛けて、手桶で水を汲み、火照《ほて》りを収めるように体にかけ始めた。

「有美さん」

「あ」

驚いた顔で有美は私を認め、それから脅えた表情をした。

「聞きたいことがあるのよ」

「何ですか」

迷惑そうに有美は私の目をまっすぐに見つめた。すると、当たりの柔らかさは影を潜め、気の強い女が現れた。

「嫌なら答えなくても結構です。私は宮下さんに頼まれたことがあったの。あの人が亡くなる一週間前のことですけど」

「清志に？　何ですか」

「あなたに買ってあげたチワワはどうしたのかってこと」

「あれは、言いましたでしょう。死んだって」

有美のピンク色に上気した体が、だんだんと白くなって行く。

「あなたが殺したって聞いたわ」

有美は両手で顔を覆った。弾みで手にしていたタオルが下に落ち、水風呂から溢れ出る水に浸った。私はタオルを拾って絞ってから渡してやった。

「どうして殺してしまったの」

しばらく躊躇してから、ようやく有美は話しだした。

「調べたら、あることがわかったからです」

私は予感に脅えていた。それこそが、宮下が最後の電話で私に言おうとしていたことではなかったか。そして、私が調べ洩らした事柄ではないのか。

「清志には、奥さんや子供がいるの」

「それをあなたは許せなかった」

「そう。だって、彼は嘘を吐いていた。独身だから私と結婚したいと言って、嘘を吐いていた。私は、結婚できるまで独りでいるのは嫌だからと言って、あの犬を買って貰ったのに。彼は結婚なんかできないでした」

「結婚すると、あなたの場合は便利なんでしょう」

「そうです。でも、私愛してました。勿論、結婚できると嬉しいです。ビザ取れますし、北京の家族にも知らせた。でも、それだけじゃない。私、清志がカイシャで酷い目に遭ってるし、優しくていい人なんで大好きでした」

「でも、嘘を吐いていたので許せなかった」

「そうです。まず、気持ちを切るために犬を殺しました。それでも彼、気付かないね。私が大きな悲しみに沈んでいるの、気付かないね。私の愛情ばかり疑ってるね。だから頼みました」

有美は手桶で水を汲み、中の水を床にぶちまけた。飛沫《しぶき》が私にもかかった。水は冷たかった。

「マフィアに頼んだのね。たった十万という値段ですものね」

有美は答えずに、また手桶で冷たい水を汲んだ。私は続けた。

「宮下さんの頼みはもうひとつあった。それはあなたの心の中が知りたいということだった」

「私の心は悲しみと怒りでいっぱいでした。その前は愛情が沢山あったけど、清志は自分のことだけ。自分のことしか考えてなかったね。だから、もう私の愛情、涸《か》れたのね」

有美は涙を浮かべた。水風呂からは冷たい水が溢れ、有美の美しい目からは涙が流れ、「涸れた」という言葉には相応《ふさわ》しくなかった。私は、冷えた体をもう一度暖めようとサウナに入った。有美はもう二度と、この熱い部屋に戻って来なかった。

じりじりと真夏のような太陽がアスファルトの道を照らしている。私はサウナの熱気でぼうっとしたまま、職安通りを明治通りの方に歩いていた。宮下が四日前に死んだ場所を通りかかった。すでに砂は掃き清められ、黒い血の痕も、ただの汚れにしか見えなかった。雨が降れば、もう何も残らなくなるだろう。私は横目でそれを見て、皮肉なものだと考えていた。

中沢の妻の裏切りは証明できなかったのに、不可能だと思った有美の愛情はこれ以上ないもので明らかにされたのだから。しかも、それを証明してみせたのは私ではなく、他ならぬ有美自身で、それも一瞬の心の動きでしかないのだ。気持ちの証明などできないのだ、と思いながら、私は宮下の倒れた場所をもう一度振り返った。ほんの少しだけ、染みがあった。

愛のトンネル

客は私を見て、女の人で良かった、と呟いた。女とは思わなかったと席を蹴られたことは何度もある。ちょっと失礼、と出て行ったまま帰って来ない客もいた。性別より私の若さを気にする客もいる。探偵としての私は、三十二歳の女というだけで圧倒的に不利だ。なのに、この客は喜んでいる。

「女の人に頼みたい仕事なんです」

私は律義に背を伸ばして来客用の椅子に腰掛けている客を観察した。年齢は五十代後半。他人に説明するのに困る平凡な容姿で、微《かす》かに関西風の訛《なま》りがある。絶えず眩《まぶ》しそうに目を細めているが、それは並外れた悲嘆のせいだろう。喪服姿で肩を落としている。喪服からはまだ線香の香りさえ漂っていた。だが男の悲しみは、怒りに容易に転化する兆《きざ》しを見せていた。唇を引き結ぶと現れる頬の深い窪みは、ひどく頑迷そうだった。

客は不安げに事務所の調度を眺め回している。客が帰ればたちまちリビングルームに変身する十二畳の部屋に女らしい飾りは一切ない。窓を覆っていた汚らしいブラインドをカーテンに替えた他は、父の古い家具をそのまま使っていた。壁に嵌《は》め込んだ本棚、ダイニングテーブルにもなる一枚板のデスク、亀裂だらけの黒革のソファ。キッチンには、父と同様、調理器具と言えるほどの物は揃っていなかった。

「秘密は絶対に厳守します。ご安心下さい」

こういう客は背中を押してやらねばならない。覚悟を決めたのか、客は内ポケットから名刺を出した。差し出し方だけは手慣れていた。名刺には鳥取県のある町名と役場の部署が記され、「山神忠司」とある。私は珍しいことでも書いてあるかのように名刺に見入った振りをした。山神はようやく「参りましたわ。ほんと参りました」と小声で言った。床の上に置いた京王デパートの紙袋の中から新聞を取り出し、私の方に向ける。何度も読んだらしく、手擦《てず》れでインクがぶれてしまった昨日の朝刊だった。山神は黙って小さな記事を指さした。

『巻き添え転落事故　男女二人死亡。十七日午後六時十七分頃、東京都中野区の西武新宿線Y駅上りホームで、同区沼袋五丁目の山神恵さん（二二）が、電車を待っていたところ、後ろから階段を転げ落ちてきた江戸川区船堀八丁目の大浜康志さん（五四）がぶつかり、山神さんと大浜さんは線路に転落。入線してきた田無発西武新宿行き上り普通電車にひかれ、二人とも即死した。山神さんは専門学校生。大浜さんは建設作業員。中野署によると、大浜さんが電車に乗ろうと慌てて階段を転落、すぐ下にいた恵さんが巻き込まれたと見ている』

「お嬢さんですか」山神は小さく頷いた。「大変お気の毒です。この男の人と関係はないのですね」

「警察も随分調べてくれましたが、無関係ということでした。男が酔って転落したと。全く運の悪い子で」山神は瞼《まぶた》を押さえた。「それがですね。その後とんでもないことがわかりまして、私もうろたえてるんですわ。葬式はさっきこっちでやったのです。遺体が酷くて、連れて帰れば年寄りが驚きますから。ところが、式場で変な中年女が寄って来ましてこう囁くのですよ。『この度はご愁傷様です。私は恵さんにクラブを譲った者ですが、これからどうなさいます』と」

私はメモを取るために、サインペンを握った。山神の悲嘆は徐々に、知らない事実を無理矢理知らされたという怒りに変わってきていた。

「二ヵ月前、娘はその女から『パラダイス』という名のクラブの経営権を買っておったらしいのです。値段を聞いて腰を抜かしました。二千五百万だそうで」

「どうしてそんなお金が」

「さっぱりわからんのですわ」山神は激した声の調子を抑えることもできなかった。

「金もどうやって貯めたのかわからん。そればかりか、そのクラブというのが、ＳＭクラブなのだそうです。娘はそこに二年近く勤め、『女王』をやってた言うんですわ」

一気に言った後、山神はほっと息を吐《つ》いた。そして、窓外に目を転じた。透明度の高い秋の青空が穏やかに広がっている。私も窓の外を眺めながら、山神の話はそう珍しいものでもないと考えていた。

「先生に頼みたいのはですね。今月終わりに、女房と末の娘が恵のアパートを片付けに来ます。それまでに、恵の部屋からその手の物を一切取り除いておいていただきたいのです。私もすぐに帰らにゃならんし誰かがやらなきゃならん。何が出て来るかわからないから、男の探偵じゃ私も嫌だしね。私だって娘のそんなところを見るの嫌ですよ。だから部屋も良く見なかったし」

「そういう手の物というのは、ＳＭクラブに関連した物すべてですか」

「すべてです」山神は頷いた。「娘は米語会話学院という英会話学校に通っていると皆信じていました。だから、隠してやりたいのです」

「学校には通っていたのでしょうか」

私の質問に、山神は両手を膝の上に揃え、申し訳なさそうな顔をした。

「わかりません。こっちで何をしていたんだか」

「ご家族も知らなかったのですね」

「女房にはこのことは言ってませんし、何も知らんと思います。妹が二人いますが、上のが鳥取市の銀行にやっと就職しました。下はまだ高校ですが、東京に出たい言うてます。けど、私は今度の恵の一件ですっかり懲りて」

私はまだまだ続く山神の愚痴を遮《さえぎ》った。

「それで、その品物があった場合はどうなさいますか」

汚らわしいというように山神は顔を顰《しか》めた。

「どんなもんか教えてください。その後、必ず捨ててください。勿論、なければないで結構なことです」

私は山神に料金表を見せた。便利屋もどきの簡単な仕事に思われた。だから、調査五日セット十五万という基本料金なしのリーズナブルな値段を提示した。山神は、上着のポケットから束になった香典袋を出して、中から札を抜き取って支払った。

「元経営者の名前と連絡先をもう一度教えてください」

「石田菊代。電話を聞いてあります」

私がメモすると、山神は恵の住所を書いた紙と部屋のキーをデスクの上に置いた。デパートの紙袋と貧相なスーツケースを手にして、既に立ち上がりかけている。娘の秘密を知ってしまった人間と、片時も一緒にいたくないという様子だった。

「最後にもうひとつ。恵さんはどんなお嬢さんだったのですか」

山神は即座に答えた。

「天使のような優しい娘でした。三人姉妹の中で一番大人しくていい子でした。私は今でも信じられません。いや、信じてませんから」

山神の娘には気の毒な事故だが、この仕事は楽そうだ。私は山神が帰った後、二日仕事だと踏んだ。一日目は恵のアパートに行き、何かまずい物を見付けて処分する。二日目は報告書作成。掃除屋の仕事で十五万、申し訳ないくらいだ。今日これから行って行けないことはなかったが、やや面倒だった。久しぶりに入った仕事の感触でも楽しんでのんびりしていたい。仕事を始めるのは明日からにした。

石田菊代という女に事実関係を確かめる必要はある。山神の話の裏を取るためだ。以前、娘の素行調査を頼まれて調べたら、依頼人が父親ではなく、年上の恋人だったことがあった。それ以来、調査依頼人の言うことは必ず確認するようにしていた。とりあえず電話をかけた。石田です、と低く掠《かす》れた声の女が出て来た。

「こちらは村善調査探偵と申します」私はタイミングを計った。「山神さんのご依頼で調査を始めました。今日、お葬式に行かれたそうですね」

「うん、新聞読んでびっくりしたのよ。まさかってことがあるのねえ」

「近日中にお会いできませんか」

「ねえ、調査って何なのよ」菊代は急に不機嫌になったが、すぐに明るく言った。「ああ、わかったわ。今日、あたしが店のこと教えてやったもんだから、お父さん仰天してるんでしょう。じゃ、明日来て。明後日はいなくなるから困るのよ」

「お出かけですか」

「ちょっと辛気臭いとこにね」

「と、おっしゃいますと」

「入院よ」菊代はさばさば笑った。「あたし、放射線治療してるの」

　翌日の午後遅く、恵の部屋のドアを開けた私は、愕然とした。小さなベランダのガラスが外から割られ、破片が中に落ちている。窓から誰かが侵入していた。侵入者は散らばったガラス片を踏まないように、脇のベッドからパッチワークキルト風の模様がプリントされたベッドカバーを外して、その上に敷いていた。

簡単な仕事のはずだったのに。私は自分勝手な思い込みに舌打ちした。後手に回った。誰かが恵の部屋にあった物を持って行ってしまった。私は、菊代に電話をした自分の失敗を許せなかった。侵入者が私と同じ目的なのだとしたら、石田菊代が誰かに連絡したことは大いに考えられる。それとも、新聞で死亡を知った者が金品目的で侵入したのか。私は注意深く室内を見回した。中野区の家賃八万ほどのマンションの二階。よくあるワンルーム。流行りのフローリングだが、収納がほとんどない使いにくい部屋だ。

私は侵入者が敷いたベッドカバーを踏んでベランダに近付き、外を見た。東南の角部屋。隣の家のコンクリート塀から容易に飛び移ることができる。山神に報告して警察に届けるかどうかも相談しなければならない。私は電話を探し、山神の名刺にあった自宅の方の電話番号にかけてみた。

「昨日は失礼しました」と、山神は少し鼻声だった。

「今、恵さんの部屋にいるのですが、誰かが侵入した形跡があります」

山神の激しい動揺が電話からも伝わってきた。そして、電話を切り替えるから待ってくれ、と言った。話を誰にも聞かれたくないのだろう。数分後、雑音の中からくぐもった山神の声が聞こえてきた。

「もう大丈夫です。どうぞ」

「恵さんの部屋には、金品とか置いてありましたか。お店の契約書なんかはどこに」

「石田さんに言われて探したら、バッグに入っていたのを見付けました。私も引き出しくらいは覗いてみましたが現金はなかった」

「預金通帳は」

「恵が肌身離さず持っていました」

「失礼ですが、預金はどのくらいあったのですか」

山神は躊躇《ためら》った後に、小さな声で答えた。

「二千万くらいですか」

山神は、恵の遺産のことには全く触れていなかったし、私も聞くのを忘れていた。私は軽率な仕事の受け方を反省した。

「金品目的で泥棒に入っても、あまり意味はない訳ですね」

「そりゃ意味はないけどね。村野先生。それはもしかすると、誰かがもう何かを盗んで行ったってことですかね」急に山神は怒りだした。「昨日、私が頼んだ時点で、どうして行かれなかったのですかね。今、何時ですかね。もしこれで、お宅の娘はＳＭ

嬢だったとか脅迫されたら、どうしてくれるんですか」

「すみません。他の用事がありましたし、急には来られなくて」

私は嘘を吐き、脇の下に冷たい汗を掻いた。すでに午後も遅い。この仕事を楽に考えていた私の失点だが、山神に言う訳にはいかなかった。

「先生、盗まれた物は何か、誰が何の目的で盗んだのか、ちゃんと調べてください。そして何としても取り返してください」

娘の嫌な部分を見たくないという山神の願いは思いがけない形で叶《かな》えられた。だが、今度は脅迫が心配らしい。簡単だったはずの仕事は面倒なものに変化した。

「報告してください」

こうでもしなければ怒りを表現できない、という風にブツッと電話は切れた。

私は気を取り直して部屋をもう一度調べることにした。恵の部屋には、たいした家具はない。ベッドと小さなダイニングテーブル。折り畳み椅子二脚。整理ダンス。鏡台。家具はすべて、いつもＳＡＬＥの赤札を貼られていそうな安物だった。テーブルの上の籐籠《とうかご》に、やりかけのレース編みが入っている。今時レース編みとは地味な趣味だ。私は未完の作品を広げた。テーブルクロスかベッドカバーらしい大作だった。籠の中には、使ってしまったプリペイドカードや、クーポン券、ファーストフードの割引券が輪ゴムで結わえられて入っている。何でも簡単に捨てられない性分だったのだろう。しかし、レース編みが趣味なのに部屋にはひとつも使われていないのは不思議だった。

部屋の隅に、粗大ゴミ置き場からでも拾ってきたのか、ぼやけた色合いの古いファンシーケースがあった。ボンデージ風のミニドレスが数着入っている。ほとんどが黒か白で、キム・ウエストのコピーだった。アクセサリーボックスには、玩具っぽいブレスレットやイヤリングばかり。貴金属すらない。グリーンのベニヤ合板の整理ダンスを開けてみる。ごく普通の下着。スーパーで買ったようなTシャツ類。靴箱には黒のパンプスが並んでいたが、「女王」には相応《ふさわ》しくないロウヒールだ。侵入した人間がただの泥棒なら、さぞかしがっかりしたことだろう。実につましい暮らし振りだった。金目の物はない。そればかりか、徹底した節約の姿勢が窺えた。

若い人には珍しく本類もCDも一切なく、テレビも十四インチの古ぼけた代物《しろもの》。ビデオ機器もオーディオセットも持っていない。カラフルな雑誌もなければ、縫いぐるみなどの人形もなかった。人生の楽しみを排除した、あるいは、そういう楽しみを知らない老人の部屋のようでもあった。

流しの三角コーナーには、生ゴミ入れとしてパンティストッキングを切った物を使い、ティッシュは箱でなく、銀行や街頭で貰ったポケットティッシュ。もしやとトイレのタンクを覗くと、案の定、節約のためにビール瓶が二本も入っていた。冷蔵庫には、丁寧に自炊していた痕跡もある。これが二千五百万払っても、まだ二千万近く持っていた若い女の部屋なのだ。

ベッドの下に灰色のサムソナイトの小型スーツケースがある。恵の部屋にはそぐわない新品だった。鍵が壊されている。中は空っぽ。ここに何かが入っていたのだ。私は溜息を吐いた。この部屋に押し入って、このスーツケースから何かを盗んで行ったのはいったい誰だ。恵の部屋にはアドレス帳もメモも何もない。あまりにも手掛かりがなさ過ぎる。

諦めて帰ろうとした時、父の友人の取り立て屋から聞いたことを思い出した。電話の短縮ボタンを押せ。アドレス帳を焼いて夜逃げしても、大概の人間は短縮ボタンの番号を消し忘れている。恵の電話は番号が表示されるタイプだった。私はメモを用意して一番から順に押した。最初のは、恵自身の応答による『パラダイス』の留守電にかかった。二番もまた『パラダイス』の留守電、メッセージ内容が少し変えてある。三番は若いと思われる男の声だった。

「あのう村野と申します。山神恵さん、ご存じですか。恵さんが亡くなられたことも」

「ああ」

「そのことでお話を伺いたいのですが、どういうご関係でしょう」

「トモダチだよ」

「失礼ですが、お名前は」

「名前？　知ってて電話してんじゃないのかよ。何言ってんだよ」

「失礼ですが」

「ジュクセン！」

と言うなり、電話は切れた。私はもう一度電話してみたが、もう男は出ない。四番は留守電で、「ただいま留守にしております」と、音声で応答があり、誰の電話かはわからない。私の電話番号を言って、電話してくれと吹き込んでおく。五番以降は何も入っていなかった。

ごたごたした商店街を抜けて、Y駅まで戻って来た。足取りが重い。取り返しの付かない仕事の失敗が一番応えていた。夕暮れ時になり、いつの間にか冷たい北風に変わっていた。私はダナ・キャランの黒いジャケットを羽織り、ポケットの小銭を探った。ジャケットの袖口が擦り切れかけている。広告代理店時代の、お洒落《しゃれ》に身をやつしていた頃の遺産だった。新しいジャケットが欲しかったが、当分買えそうにない。私は惨めな気分で小銭を握り締めた。これから、西武新宿経由で笹塚の石田菊代の家に向かわねばならない。

Y駅は、線路を跨《また》いで左右対称の橋を架けたような形の駅だった。橋の両端が改札口になっていて、上下二本のホームに前後二本の階段で下りる形式だ。私は切符を買い、自動改札を抜けて上りホームへの階段を下りて行った。

その時、ここは恵の死んだ場所なのだということに気が付いた。ほんの三日前のことなのに。他人事《ひとごと》というのはこういうものだ。実際に現場を見ると、階段の真下に立っていても、落ちて来た人間が余程上手く当たらなければ二人で線路に落ちるのは難しいと思えるのだった。事故のことも一応聞いておこう。私は再び階段を上って改札に戻った。

「この前の日曜に、この駅で二人落ちて亡くなりましたよね。私は女性の関係者なのですが、どういう状態で落ちたのでしょうか」

「ああ、あれですかあ」と駅員は嫌な顔をした。「上りホームの前方階段でね、女の人が真下に立っていたんだって。そこに、男の人がワーッと言って落っこちて来ちゃった」

駅員は両手で空を摑むような動作をして見せた。

「見ていた人って、どこで見ていたんですか」

「目撃した人はホームの先」

「何人ぐらいいたのですか」

「うーん、警察の調べじゃ四人。日曜の夕方の普通上りだから、そう多くはないね」

「事故というのは間違いないのですね」

「最初は自殺の巻き添えかもしれないとか言ってたけどね。結局、事故です」

私は礼を言って現場に戻り、階段の中程に立った。日曜の天気は晴れだった。私はトモさんと新宿御苑を散歩したから良く覚えているのだ。ということは、大浜は、電車に乗ろうとして慌てて雨で足を滑らせた訳ではない。ふと、疑惑が湧いた。誰かが階段の上から大浜を突き飛ばしたのではないか、恵に当てるために。大浜は酔っていたというから背後の人影に気付かなかった。しかし、ビリヤードじゃあるまいし、そんなにタイミング良く人を殺せるものではないだろう、と私はその思い付きを打ち消した。だが、恵の部屋に誰かが侵入していたという事実が、恵の事故の印象を黒く塗り替えていた。

石田菊代は、笹塚の甲州街道沿いのマンションに住んでいる。約束の時間に私が訪ねて行くと、菊代は荷造りしているところだった。私はスーツケースに目を走らせた。

「お取り込み中のところ、すみません」

「いいのよ。入院なんて慣れてるんだから」

菊代は、難儀そうに足を摩《さす》った。四十代後半らしいが、肌に艶がなく、髪が薄く異常に痩せていた。

「卵巣の方がね」と言いかけ、暗い目付きで私の背後の空気を睨み付けた。病気を持たない者は何かが欠けているとでもいったような、哀れむ口調で続けた。「でも病人にしか見えないものもあるの」

そうかもしれなかった。案外、この菊代という女は肝っ玉が太くて雄々しい。健康を恥じて私は目を伏せ、どこから切り出したものかと部屋を見回した。下駄箱の上に大きな熊手が飾ってあった。有名な暴力団の組長の名が扇に書いてある。

「これ、おまじない」と菊代が私の視線の先を見て説明し、どうぞ、とスリッパを勧めた。「ねえ、山神さんが何を頼んだって」

菊代はソファに腰掛けてセーラムライトに火を点けながら尋ねた。私の説明に、菊代はやれやれと大きく息を吐いた。

「たいしたもん出ないわよ。マリアは家じゃレース編みやってるような普通の子だもん」

「マリア？」

「恵のことよ。うちではマリアって名乗っていたわ」

「実は今日、恵さんの部屋に行ったのですが、誰かが侵入して何かを持って行った後でした。まずい物でもあったのでしょうか」

「いったい、何を持って行くの。だって、プレイは『パラダイス』でしかしないのよ」菊代は外国人のように肩を竦《すく》める。「お金は貯め込んでるって噂があったけど、泥棒を恐れていつも通帳を持ち歩いていたしね」

「そうですか。石田さん、私の電話の後で誰かに連絡なさいました？　お客さんとか」

「まさか。客とプライベートな付き合いはないわ。あたしたちは『パラダイス』でしか会わないし、客にとってもあそこは『天国』なの。この世の関係を断ち切って、あたしたちの館で遊ぶのよ」

菊代が誰かに連絡したとは考えにくい。この健康状態だし、それに本当に手に入れたい物があれば、山神と交渉してもっと確かな方法を考え付きそうだった。

「恵さんはどんな人だったんでしょう」

「マリアは天才だった。もうあんな子は出ないわね」

「『女王』として天才ということですか」

「そうよ。あたしも天才だと思ったけど、あの子ほど器量が良くないから負けだね。あなた、Sの才能って何だと思う。それはね、母性なのよ。あの子にはそれがあった。客の好みをじっくり引き出して掌《てのひら》に載せるようにして可愛がっていくの。『調教』って言うんだけどね。今日はどうしたいの。じゃ、これしようか、いーい？　嫌ならいいよ、こっちねえって言ってね。それはもう、大変な仕事なのよ。客があたしらを信頼してくれなきゃ、この仕事は駄目だからね」

私は山神が言った「天使」という言葉を思い出した。「天使」どころか、「聖母マリア」だ。喋り疲れたのか、菊代は黙り込んで煙草を揉み消した。

「今、『パラダイス』は閉めているんですか」

「そうでしょ。アンナっていうアシストの子がいるけど、まだ全然使いものにならないもの」

「『パラダイス』の経営権のことですが、どうして恵さんに譲ったんですか」

「譲った？　そこがまた、あの子のすごいとこ」菊代は苦笑した。「狙ってたのよ。あたしが病気なんで、そろそろ経営がきつくなってきたのを敏感に察してね。あっちから言ってきたよ。二千五百万なら用意できるから、ママさんはこの金で静養してくださいって。やるもんよ。一緒に証券会社に連れてかれてね。あたしが一階で待っていると、マリアが社員二人連れて現金を持って来たわ」

「二千五百万という数字は妥当ですか」

「もうちょっと高くても良かったかも。だって今、風俗営業法の許可ってなかなか取れないのよ。それに加えて、あたしが二十年積み上げてきたノウハウ、道具、そして三千人の会員名簿。それ全部、居抜きだもの。しかも、あのビルは老朽化しているから、十年経ったら絶対に立ち退き料が入る。続けてさえいればいい買い物よ。あたしは十年無理だろうけどね」

菊代は最後の方は寂しそうに呟いた。

「恵さんはどこでそんな大金を貯められたのでしょうか」

「風俗よ。あなた、若い娘が大金摑むにはそれしかないでしょうが。あの子は歌舞伎町のファッションヘルスにいたって話よ。一晩二十万は売り上げてたっていうわよ」

菊代の話は延々と続きそうだった。私は適当なところで切り上げ、菊代の入院先を尋ねて辞した。菊代としては、病のことで恵に足元を見られたという思いがあるのだ。だから恵が死んだ今、山神を何も知らないオーナーとして祭り上げ、自分がまた采配を振りたい、という魂胆があるかもしれない。そうすれば日銭は稼げるし、二千五百万は自分のものだ。「あんな可愛い顔してるのに、あれだけ頭の回る子は見たことないわ。遣り手だよ」という菊代の言葉が耳に残っていた。

マンションに戻って来ると、隣の部屋のトモさんとばったりと会った。私たちは一緒にエレベーターに乗った。

「仕事かい」

トモさんは私の疲れた顔を眺めた。私が数日前に、このままではバイトでもしなければ、飢え死にするかもしれないと愚痴ったことを覚えているらしい。

「そうなの」

「あまり嬉しそうじゃないな」

「ねえ、トモさん」私はトモさんの白いシャツを摑んだ。「SMしたい?」

トモさんの顔にほんの一瞬嫌悪が表れて、巧妙に笑顔で消された。

「別に。俺、そういう趣味はない」

「そういう趣味のある人ってどういう人かな」

私は鈍臭《どんくさ》いエレベーターの表示を見つめた。まだ五階辺りをとろとろ上っている。

「自分勝手なんじゃないか」

トモさんはクイーンズシェフの袋を提げていた。これから仕込みをして店に行くのだろう。糊の利いた白いシャツ。人間の大多数は自分勝手だ。私はうんざりしてバッグの中に入っている鍵を探った。

「見込み違いで難しい仕事になっちゃった。Mの男を探さなくちゃならない。どうやって探せばいいのかしら」

「Sの女を探せばいいんじゃない」

Sの女は死んでしまった。私は何気なく言った。

「ゲイのSの男だったら、その時は協力してよ」

厭味に聞こえたのか、トモさんは答えなかった。無言でエレベーターを降り、二人で端の部屋まで並んで歩く。トモさんが私の部屋のドアを指さした。

「電話が鳴ってるぜ」

私は慌てて自分の部屋の鍵を開けた。

「あたし、『パラダイス』のアンナっていいますけど、今帰って来たら、電話くれって留守電に入ってました」

きびきびした女の声だ。恵の短縮ダイヤルの四番目は、菊代の話にあったアシストのアンナだった。私は翌日、『パラダイス』で会うことを約束し、それから『ジュクセン』のことを聞いた。

「ジュクセン？　ああ知ってますよ。ジュクのセンコー。江古田に『小学生勉学研究会』って塾があるんです」あのぶっきらぼうな男が塾の教師か。「林とかなんとか言う名前。でも、もうマリアさんと付き合ってなかったと思いますけど」

朝方、風の唸《うな》りで目が覚めた。激しくマンションの壁にぶつかり、ビルの谷間に逃げる時はひゅっと喘息患者のような音をさせている。巨大な鋸《のこぎり》を挽《ひ》く音。大きな看板が風で軋《きし》んでいるのだ。私は時計を見て、起き上がった。午前四時。九階に住んでいると、強風だけが私を落ち着かなくさせるのだった。

隣のトモさんの部屋から、低くジャズが聞こえてきた。私はグラスを出し、生《き》のままでウィスキーを飲んだ。山神恵について考える。「天使」「聖母」「風俗で金を貯めた娘」と「遣り手」。そして何よりも「天才的『女王』」。報告書には山神にとって辛い言葉が並ぶだろう。しかし、山神の思いなど知ったことではない。預金通帳の件を告げなかった男だ。私は私の仕事をするだけ。大金を残した山神の娘の身辺を綺麗にする「掃除人」という訳だ。

私はウィスキーを喉に流した。そう、知ったことではない、山神のことは。だが、恵は違う。つましい部屋を見、死んだ現場を見ると、彼女の無念さが伝わってくるような気がした。あたしは苦労してお金を貯めたのよ。これから好きに生きようと思っていたのよ、と。


『パラダイス』は、四谷の新宿通りに面した古い雑居ビルの地下にあった。地下には三軒ばかり他の店も入っている。カラオケバー。フランス語の名前の付いた地味なスナック。もう一軒は煙が染み込んだような炉端焼きだ。若い女が『パラダイス』の前でシャッターボタンを押していた。

「アンナさんですか」私はシャッターの上がる騒音に負けないように大声で呼びかけた。

「あ、どうも！」

アンナは、はきはきと挨拶した。細身で背が高く、明らかに日焼けサロンに通いつめたらしいむらのない陽灼けをしている。思い切り短い黒のドレスを着て、ピンクのハイヒールを履いていた。ドレスの前面は臍《へそ》の辺りまで開いていて、浅黒い肌を見せ、幾つかの金の飾りボタンで辛《かろ》うじて繋がっていた。シャッターが上がり切ると、グリーンの木製ドアが現れた。そこには「ＰＡＲＡＤＩＳＥ　会員制クラブ」という小さな看板が出ており、その横に「風俗営業法許可」の白いステッカーが何枚も貼ってあった。

アンナはマンガの顔みたいな不自然なメイクをしている。アイラインを上がり気味にくっきり入れ、眉は一直線に太い。どうぞ、とアンナはドアを押して開けてくれたので、私は中に滑り込んだ。奥で電話が鳴っている。アンナは素早く照明を点け、機敏に奥の小部屋に入って行った。

「はい、『パラダイス』です。あの申し訳ないんですけど、マリアさんはお休みで予約は受けられません」

アンナの声がぼそぼそと聞こえる。私はその間、暗い店内を眺めていた。調度品はドアと同じ深いグリーンに塗られ、床と壁は黒だ。突き当たりが二畳程度の事務室で、そこでアンナが電話を取っている。右手の大きなドアの向こうがプレイルームらしい。が、薄暗くて良く見えない。私が立っている小さなスペースには洋服掛けがあり、左側の棚には黒エナメルや赤のハイヒールが二十足近く並んでいた。靴フェチの客に選ばせるのだろうか。ハイヒールは爪先もヒールの先もピンのように細く尖《とが》り、靴というよりは武器の一種に見えた。アンナが戻って来た。

「マリアさんが亡くなったことはお客さんには言ってないんですか」

「ええ。本名なんて皆知らないから」

「あなたはプレイしないの？」

「あたしはまだアシスタントですから週に三日ぐらいしか来なかったし、お客さんの方でも満足しないんですよ」

「どういう時にアシストするの」

「複数の女に苛められたい客が来た時とかね」

「ここのお客さんて、皆マゾヒストなの？」

「そう、全部Mです」

　アンナはピンクのハイヒールを脱いだ。そしてプレイルームのドアを開け放し、暗い照明のまま掃除機をかけ始めた。白いカーペットの上に赤い蠟燭《ろうそく》の染みが点々と落ちている。失礼、と私は一緒に中に入ってみた。全面鏡張りで、右手には低い檻《おり》、その中に革製の木馬。左手には大きな十字架があり、鎖で縛り付けるようになっていた。更に十字架の前には天井の滑車から太い鎖が鉤《かぎ》付きでぶらりと下がっている。テーマパークの作り物めいていて、どこか滑稽だった。

「すごいでしょ？　マリアさんはこの設備と会員、丸ごと買ったんですよ」

アンナが自分の自慢をするみたいに言った。アンナは掃除機のコードを仕舞うスイッチを足の指で器用に押した。

「会員は三千人とか石田さんに聞いたけど、そんなにいるのかなあ」

アンナはへへっと笑った。

「いやあ、常時来てるのは五、六十人です。ママさんは昔の会員ナンバーから通しで言ってるから、超多め」

「会員の人でマリアさんが付き合っている人はいますか」

「いませんよ。個人的付き合いはしてないから。だいたいあたしたち、絶対セックスとかしないし、客もそういうの目的じゃないです」

菊代の意見と同じだった。ということは、恵の部屋にはそんな物がある訳ないということになる。山神の心配は杞憂《きゆう》で、侵入者は金品目当てだったのかもしれない。アンナは賢そうな目を向けて、次の質問に備えている。

「ねえ、マリアさんてどんな人だったの」

アンナは考え込んだ。

「そうですねえ。とてもプレイが上手い。お客が本当に何を望んでいるのか想像して、反応を見ながらやれる。つまりゲームを作っていけるっていうのかなあ、そこが抜群に上手かった。あたしは格闘技プレイが得意なんだけど、その時どっか男を懲らしめようって気があるみたいなのね。すると、すぐに向こうに悟られて嫌われる」

「ママさんが、マリアさんには天性の母性が備わっているって言ってた」

「それってあたしに欠けてる」

アンナは内省するかのように沈んだ声で言った。物音がして、私は玄関を振り返った。気のせいだった。若い女が店に一人でいて、怖くはないのだろうか。

「こちらの客で変な人は来ませんか」

「変ってアブナイってことですか」

「あらゆる意味で」

「いないことはないけど、ここの客は皆Mだから安全だってママさんに言われた。Mはね、あたしたち女王がいなくなったらがっかりするから、絶対に危害を加えないって」アンナは腕組みをした。「でも、嫌な奴もいる。例えば『うさぎ』。前よく来たんだけど、そいつは超嫌な客でプレイが終わると豹変するのよね。『ああ、馬鹿らしい』とか言って、憑《つ》き物が落ちたみたいにあたしたちを憎む感じになるんだよね。タマるとへこへこして来る癖に。その落差が激しいんで、あいつだけは気持ち悪い」

アンナは口調まで変わって、その男を罵《ののし》った。

「そういうことって、マリアさんは気にしてた？」

「してたけど、あたしほどじゃない。ドアなんかも開けっ放し。誰でもいらっしゃいって感じ。そこがいいのかもね。あたしは考え込むタイプだから駄目だってママにも言われてるもの」

頭が良いので客を分析してしまうらしい。私はアンナの滑稽な化粧が施された顔を眺めた。

「あ、これ『うさぎ』のなんですよ。畜生」

アンナは棚の中にあるプラスチックの脱衣籠を蹴る真似をした。中にはセーラー服が綺麗に畳んで入っていた。その隣には派手なミニドレス。看護婦の白衣と白いシューズ。

「セーラー服を着るんですか」私は驚いて聞いた。

「そう。あいつ、ストーリープレイが好きだからね。『うさぎ』っていう名前も『セーラームーン』から取ってるんですよ」アンナはふざけて口真似した。「月にかわっておしおきよ！」

私が黙っていると、アンナは幾らでも喋る。

「だいたいストーリーが好きな奴って、そういうアニメなんかのシチュエーションが好きなのよね。それで自分が女になって苛められたいの」

「その『うさぎ』は幾つぐらいで何をしてる人」

「あいつは四十ぐらいかなあ。マリアさんの話だと、どっかの大学の先生じゃないかって言ってた」

「どうしてわかるの」

「誰かに聞いたんじゃないの」と、アンナは関心なさそうに答える。

私はプレイルームを出て、小さな事務室に入った。テレビの上に薔薇の花が一輪と若い女の写真が置いてあった。これが恵だ、とピンと来て手に取った。まっすぐな髪が頬にかかり、色白の寂しい顔立ち。近眼らしく目の焦点がぼやけているのが色っぽかった。

「これがマリアさんですか」

アンナが冷蔵庫からウーロン茶を出しながら頷いた。

「うちにあったから、持ってきてあげたの」

「優しいのね。事故のあった日曜はお休みだったんですか」

「とんでもない。うち年中無休ですから、一時から開けてましたよ」

「じゃ、恵さんは用事があったのね」

「そう、うちに電話があって急用だから七時近くになるって言われた」

恵の「急用」とは何だろうか。日曜の午後、誰かが来たのだろうか。部屋の隅にある、菓子箱に入った編みかけのレース編みが目に入った。ここでも作っていたのか、と私は黙って箱を指さした。勘のいいアンナがたちどころに答えた。

「マリアさんレース編み、プロ級でね。売ってたらしいですよ、手芸品屋とかに。だから、出来たのちょうだいとか言っても、笑ってごまかしてた」

作品がひとつも部屋にはなかった理由がわかった。暇な時は、ここで始終手を動かしている恵の顔が浮かんできた。徹底した倹約精神と合理的思考。まさしく「遣り手」だ。

「恵さんってケチだった？」

「無駄になることは一切しなかったみたい」

「無駄にならなければ、いや、得になれば何でもする？」

「すると思います」アンナはきっぱり答えた。

アンナはトイレ掃除に行き、私は事務室で顧客名簿とスケジュール表を調べた。恵は自宅でも客とプレイしていたのではないか。個人的な『付き合い』ではなく、『ビジネス』としてだ。それは副収入になったはずだ。そして日曜はその客が部屋に来ていた。違うだろうか。

顧客名簿は会員ナンバーと入会時期と、「鈴木」「山田」「ミドリ」などの偽名臭い名前が並んでいるだけだ。これは見ても無駄だ。アンナが手から消毒薬の匂いをさせて戻って来た。

「アンナさん。マリアさんが死んで、急に来なくなった客いる？」

アンナは一瞬、質問の意味がわからないというようにぼんやりした。

「さあ。何人か『パラダイス』まで来て、貼り紙見て帰って行ったたって隣のスナックのおばさんが言ってましたけど」

「じゃ、今までずっと来ていたのに、最近ぱったりと来なくなった客は？」

「ちょっと待って。それならわかる」とアンナはスケジュール表を引き寄せた。「この『オテラ』っていう人は半年近く来てない。あと『斎藤』。でも、この人は海外に転勤になったたって噂がある。あと『うさぎ』」

「『オテラ』と『うさぎ』ね」

私は二人がいつ会員になったのかを名簿で調べた。「オテラ」が六年前。これは菊代に聞けば、ある程度正体がわかるかもしれない。「うさぎ」は、一年半前だった。そして、「うさぎ」は三ヵ月ほど前から全く予約が入っていなかった。

「これがカルテ」と、笑いながらアンナがB6判のカードが入っているケースを差し出した。

「カルテなんてあるの？」

「どんなプレイが好みか書いておいて、次回の参考にしたり、あとは税務署に見せるんじゃないですか」

一枚取り出して眺めた。案外達筆な恵の字で、一人一人のプレイの内容が簡単に書かれていた。私は一番最近の「オテラ」と「うさぎ」の記録を探し出した。

「三月六日（土）くもり

2301『オテラ』アナル、シバリほとんどナシ、ムチ、ローソク、シューチ、足フェチ　25」

「六月十四日（月）晴れ

3003『うさぎ』女装、ストーリー、ボディコン、ソフトシバリ、ロシュツ、ムチ　25」

「六月二十八日（月）雨のちくもり

3003『うさぎ』ストーリー、ロシュッ、シューチ、アナルカン、ローソク、スパン40」

最初の番号が会員ナンバーで、次は登録名。プレイの内容が記され、最後の数字は金額らしい。料金表と比べてみた。25というのは、一時間半で二万五千円のこと。40というのは、二時間料金で四万円のことだ。ちなみに料金表には、最高で二百四十分、八万とあるが、それはさすがにカルテには登場していなかった。

自分も見舞いに行きたいと、菊代の病院にアンナが付いて来た。飯田橋の病院前で、アンナはトルコ桔梗《ききょう》をたっぷり買った。十月のやや肌寒い気候に、白のトルコ桔梗は涼し過ぎたが、陽に灼けたアンナには良く似合った。

「『オテラ』って客は、死んだのよ。寺西って人」

私の質問に、菊代は歯を食いしばって言った。苦しげだった。気のせいか、昨日よりも茶色く縮かんだように見える。

「どうしてご存じなんですか」

「会ったのよ、この病院で。もう半年近く前だけどね。売店に行こうとエレベーターを降りたら、オテラさんがいたの。あの人は点滴をぶら下げたまま、仁王立ちになってじっと玄関を睨んでいた。自動ドアが開いて患者が入ってくる度に、自分よりも不幸な人を探そうとしてるみたいに睨んでいた。あたし、もう長くないと思ったわ」

菊代の言葉に私とアンナは目を合わせ、そして伏せた。

「『うさぎ』のことは知らない。ストーリーの客にはもう付いていけないから、相手したこと一度もないもの」

菊代はアンナの顔を見た。時代遅れになった、という悔しさが感じられた。アンナは興味がないらしく醒めた口調で話す。

「あいつは月に二回、必ず月曜に来てた。そういえば、ここんとこぴたっと来なくなった。死んでたりしたら、いい気味だけど」

「ねえ、ストーリープレイってどういう風にやるの」

私はアンナに尋ねた。

「『うさぎ』の場合はおかしいんですよ」アンナは思い出したようにくすりと笑った。「まず、プレイの何日か前に必ず手紙が来るの。それには変なことが書いてあって、この次のプレイのシチュエーションが指定してあるのね。あたしが呼ばれて行った時に見せて貰った手紙は、自分は女子プロレスの選手で、デビュー戦を控えているベビーフェイスなんだけど、悪役の女が苛めるから怖いっていう内容だった。だから、あたしとマリアさんがタッグチームで『うさぎ』に関節技かけたり、パイルドライバーかけたりいろいろしてやったんですよ」

手紙。

「その手紙は店にあります？」

「いや、ないと思うけど」迷ったアンナは菊代の顔を窺う。「ないですよね？」

「その都度処分してるわよ。そういう信頼がなかったら、客も手紙なんか出さないもの」

菊代は薄い肩を怒《いか》らせた。私が何か疑惑の種を見出したことにぴんと来て、苛立っているようだった。潮時だと私は立ち上がる。

手紙と衣装。ばれたら困るものばかりではないか。しかし、どうやって「うさぎ」の居場所を突き止めたらいいのだろうか。どこかの大学の教師というだけで、皆目見当が付かない。

病院の玄関でタクシーを拾い、江古田に向かった。ジュクセンに会うためだ。

『小学生勉学研究会』は江古田駅の前にある。私は受付で林を呼び出して貰った。林が二階から下りて来る間、受付にあった「ＢＥＮＫＥＮ」という立派なパンフレットを眺めた。裏表紙にカラーで「豪華講師陣」とあり、林の顔写真と共に、フルネームと一言コメントが載っていた。「理・社担当　林英一郎　『予習よりも復習がだいじ。日々、積み重ねてこその栄冠を！』」とある。

林は私が父母だとでも思ったのか、神経質そうな表情で頭を下げながらやって来た。洗い晒《ざら》しの白いシャツに、紐のように捩《ねじ》れたネクタイを着けている。左耳に二個のピアス。明るい茶に染めた髪は手入れが悪く、先端がささくれて金に変化していた。

「昨日お電話しました村野と申しますが」

覚えていないらしく、林は首を傾げた。

「山神恵さんのことでお話したいのですが」

「あー、はいはいはい」と、林は面倒臭そうに頷き、腕時計を見て時間を気にしている風を装った。「それで」

「恵さんと親しくお付き合いしていらっしゃったと伺いました」

「そうでした、昔はね。今はあいつに追い出されちゃったけど。でも、突然死んじゃって、もうショックで食事も喉を通りませんよ」林は不貞腐《ふてくさ》れたように言ったが、案外饒舌《じょうぜつ》な男だった。「こう見えても、俺、結構惚れてたてね」

「一緒に住んでいらしたんですね」

「つい最近までね。でも、嫉妬深いとかで追い出されてさ。食費を出せとか、家賃は折半とか、やいやい言われて」

「あなたが出たのは、もしかして恵さんが、部屋でも客とプレイするようになったからでしょうか」

「そうだよ」と、林は呆然と私を見た。「どうして知ってるんだ。内緒なのに」

「想像ですがね。どんな客が来ていたかはご存じですか」

「まさか。何で俺が知ってなきゃならないんだよ」

林は興味が持てない様子で、指に付いたチョークを擦《こす》り落とした。気詰まりな沈黙があり、私は話題を変えた。

「彼女はお金のことに口うるさい人でしたか」

「ていうか、ケチだね」林は明快だった。「計算高くて、吝嗇《りんしょく》。結局、すべて自分のいいようにする。『女王』は性に合っていた。あいつって一見優しく見えるけど、男を言いなりにさせるのが実に上手かったよ。慇懃《いんぎん》無礼でさ。何だかんだ言っても、気付くと、あいつの言いなり」

「恵さんと、どこで知り合ったんですか」

「覗き部屋」と林は声を潜めた。休み時間らしい塾の生徒が教室から出て来て、興味深く私たちを遠巻きに眺めているからだ。「歌舞伎町の『えんぜるはーと』って名前の覗き部屋で、あいつオナニーショーをやってた。それだって結局、女王様みたいなもんだよな。哀れな性の奴隷がかしずいてさ。女王様の一挙一動におーっとどよめくんだ。終われば、ナニを触って貰って浄財を落とすのさ。すげえ儲かってた」

林は自嘲的な口調で喋った。私は、林の目の奥に恵への愛情があるかどうか、探そうとした。私の魂胆を見抜き、林はいち早く視線を逸らせたが、悲しげだった。

「失礼ですが、事故のあった日曜はどうしてましたか」

「ここで試験の監督。日曜は必ず模擬テストがあるんですよ」

林は、その辺を走り回る躾《しつけ》の悪い小学生を睨み付けた。

「それでは、『うさぎ』という客を知りませんか」

「知らねえよ、そんなの！」

林が大声を出したため、小学生がびっくりしたようにこちらを見て囃《はや》し立てた。

「おいハヤシー！　うるせーぞ」

「ハヤシライスー！」

「こらーっ、おまえら！」林は怒鳴り返した。「先生だってな、悲しいこととか辛いことがあるんだからな、ほっといてくれ！」

「うさぎ」は『パラダイス』に入るところを誰かに見られた。そのことで脅迫を受けたのか、評判になってしまったのかはわからないが、「うさぎ」はもう二度と『パラダイス』には行けないと考えた。それで恵に頼み込んだのではないか。金はたっぷり払うから、恵の自室で「調教」してほしいと。

私は江古田から四谷に戻り、『パラダイス』周辺の店に聞いて回ることにした。午後八時を過ぎて、店はどこも賑やかだった。『パラダイス』の隣の『もんしぇりー』というスナックのママは、口が堅い。試しに客に大学生はいないか、と尋ねてみたが、ここの客筋は若くないと突っぱねられた。ちらっと覗くと、大音量でシャンソンが流れ、ベレー帽を被った老人や、白髪頭の女でカウンターはいっぱいだった。嘘ではなさそうだ。炉端焼きの店は階段を下りてすぐの場所にあるので、『パラダイス』に入る客は見えない。私は向かい側にあるカラオケバーに入って行った。三、四人のサラリーマンのグループが、レーザーカラオケでステッペン・ウルフの「ボーン・トゥ・ビー・ワイルド」を物凄く下手に歌っていた。どうしても最後が字余りになるのがおかしいらしく、涙をこぼして笑い合っている。

私は客ではないと、主人に手を振った。「調査」とだけ入っている方の名刺を差し出し、あるサラリーマン雑誌の下調査を請け負っていると嘘を吐いた。

「カラオケバーにおける大学生の割合を一軒ずつ伺っています。お宅では、サラリーマンの方が多いですか」

「いやあ、そんなことないですよ。最近は大学生も結構来てくれる。近くのJ大、F大、お嬢さん学校のP女子大なんかも来ますよ」

「J大やP大は近いからわかりますが、F大はどうして」

F大だけが、八王子にキャンパスを移しているからだ。一方、ステッペン・ウルフはレッド・ツェッペリンのバラードに替わり、「懐かしいよなあ！　俺、この時小学生！」という叫び声が上がっている。

「ああ、F大の学生はね。ここのバイトの女の子の彼氏がたまたまF大だったの。そういう縁で来てくれてね。まだ週イチぐらいで来るよ」

私は礼を言って、店を出た。JとPは同じ四ツ谷駅周辺だから近過ぎる。「うさぎ」がそこの教職員ということは考えられなかった。八王子に行かなければならないだろう。

翌日の金曜は丸一日、私はアンナと一緒にF大の構内を歩き回った。アンナに首実検をして貰わなければ、「うさぎ」は判明しないからだ。アンナは、一層短いスカートを穿いて、公園より広いキャンパスを闊歩《かっぽ》した。無料で頼んでいるので心苦しかったのだが、アンナはこの仕事を面白がっていた。

「ほら。あいつこっちばっか見てる」

アンナが私の肘《ひじ》を突く時は、大概、男子学生の気を惹いた時だった。アンナの脱線で無用に目立ち過ぎている気がする。キャンパスは広くて移動も大変だった。無駄足かもしれないという焦りがある。山神の仕事はもともと五日間セットという契約だったが、このままでは期日内に終わりそうもなかった。山神が報告書に納得しない場合は、自腹を切るという最悪のケースもある。「うさぎ」がここにいたとしても、恵の部屋でプレイしていたこと、あるいは恵の死後、何かを盗み出したことなど、すべて当て推量に過ぎないのだ。だが、大学の駐車場に滑り込んで来た赤のプジョーを見た時、アンナが小さく叫んだ。

「あいつだあ」

私はアンナに学生食堂で待っているように頼み、走って駐車場に向かった。プジョーのドアが開き、「うさぎ」が出て来た。質の良いチャコールグレイのスーツにブルーの縞のシャツ、黄色系のネクタイ。小脇にタイム誌と学術雑誌を抱えている。小柄だが粋な男だった。一重瞼《ひとえまぶた》が重そうな顔を見た時、どこかで見たことがあると思った。

私は密かに後を尾《つ》けた。「うさぎ」は広い駐車場を横切り、図書館の中にある研究棟に入って行く。やがて、「桑島亮輔」と札の出ている部屋に消えた。急いで図書館に戻り、受付の年配の女性に尋ねる。

「桑島先生の著作はここにありますか。閲覧できなければ書名だけでも知りたいのですが」

やがて、女性が数冊の本を持って来た。私は調べ物の振りをして奥付を見た。「F大学文学部心理学科教授　『児童の心理ウラオモテ』『こどもの心のメカニズム』など著作多数」。

「児童の心理ウラオモテ」という題を見て、突然記憶が繋がった。「BENKEN」という林の進学塾で発行しているパンフレットに、確か写真入りの記事が載っていた。桑島は「成長期における受験の功罪」という題で、受験を奨励する文章を書いていたはずだ。それで恵は大学の先生だと知っていたのだ。ようやくひとつの環《わ》がぴったり閉じた。私は大学の交換に電話をし、桑島を呼び出した。コールが一回も鳴らないうちに、桑島本人が出た。

「桑島先生ですか。山神恵さんのことでお話があります」

「何の話だか、さっぱりわからないよ！」

桑島は解き放った感情を防壁にするように、いきり立った。手応えを感じる。疚《やま》しさのない人間はこの手の電話に警戒こそすれ、好奇心も捨てないものだ。私は研究棟から一番遠い正門を指定した。

「正門でお待ちしています。五分以内にいらっしゃらなかったら、全部ばらします」

桑島の研究室は三階。桑島はエレベーターを使うだろうと踏んで、私は階段を駆け上る。すると案の定、桑島が慌てふためいて部屋からエレベーターホールに向かって行くのが見えた。エレベーターの扉が閉まるのを見届けて、桑島の研究室まで走る。鍵の掛かっていないドアを見て、あまりに上首尾なので胸を撫で下ろす。

桑島の研究室は、八畳ほどの何の特徴もない矩形《くけい》の部屋だ。大きな窓は中庭に面していて、殺風景なコンクリートの空間に、何を表しているのかわからない大きな現代彫刻が見える。壁一面の本棚に、備品の茶色のソファ。同じく備品らしい無個性のデスク。灰色のロッカーがあり、ファイルキャビネットがふたつ並んでいる。本棚の下に、精神療法にでも使うのか、箱庭のような砂の入った箱がふたつ置いてあった。この部屋に桑島が自分らしさを出しているとしたら、ソファの下に敷かれた高価なペルシャ絨毯だった。それは妙に浮き上がり、見る人を却って落ち着かない気持ちにさせる。

桑島が行って戻って来るまでおそらく十五分。その間に、例の物を探さなければならない。桑島にも家族がいるだろうから、隠すとしたらこの研究室しかない。絶対にここにある、と信じた私は、まずロッカーに近付いた。施錠されていない。開けると、ハンガーに掛けられた白衣とスリッパがきちんと入っていた。棚の上にも下にも、それらしきものはない。ファイルキャビネットか。右側のキャビネットは施錠されている。幸い単純なシリンダー錠だった。これならシリンダー錠用の万能道具で開きそうだ。数分後、私はキャビネットの引出しを開けた。黒いナイロンバッグがひとつ入っている。

バッグを茶色のソファの上に置き、中身を取り出した。セーラー服一式。それも冬服と夏服の二種類。女学生用の茶のスリッポン一足。色とりどりのリボン。カチューシャ。ピンクのレオタード。スクール水着。そして夥《おびただ》しい数の手紙。パラダイス宛と恵の自宅宛。差出人は「八王子のうさぎ」。全部、女子高生の好みそうな可愛いレターセットに丸文字で書かれている。これが恵の部屋から持ち出された物に違いない。

「マリア先生　お元気ですか？　あたし、すごくいい考えが浮かんだの。今度は女装して、先生の学校の文化祭に忍び込んじゃおうと思っているの。もし、あたしの正体が、みっともない男だってばれても、お願い、お仕置きしないで。お仕置きしても、きついのだけは嫌。うさぎには耐えられないわ。特に、家庭科室で冷たいステンレスの調理台に縛りつけるのだけはやめて。それから、ムチで叩くのも嫌。お浣腸も嫌。そんなことされたら、何でも喋ってしまいそう。だから、あたしの正体がばれても許してね、先生。文化祭、心より楽しみにしています。新しい靴をはいていくわ。うさぎ」

他のも似たりよったりの内容で、いずれも「うさぎ」の心と肉体の遊びがこういう形で現れているのだった。念のために手紙を一通抜き取ってジャケットの内ポケットに入れた。これから自分の身を守るために必要になるかもしれない。桑島からも依頼主である山神からも。

私は、恵の自宅の住所宛になっている手紙を何通かセーラー服の上に置き、証拠写真を撮った。品物を見付け責任をもって処分した旨を、はっきり山神に伝えねばならない。何枚か撮っていると、背後で甲高い声がした。

「何してるんだ」

桑島がセーラー服や手紙類を守るように両手で抱え上げた。ピンクのカチューシャが落ちて、私の足元をころころと転がって行く。桑島があっと声を出した。私はカチューシャを拾い上げながら必死に考えていた。この場をどうやって凌《しの》ぐ。いきなり桑島が私の肩を突いた。首から下げていたカメラは大丈夫だったが、代わりにまたカチューシャが落ちた。

「先生が『うさぎ』ですね」

床に尻餅をついた私は、何とか冷静さを保とうとする桑島の細い一重瞼を見つめ、ゆっくりと言った。桑島は怒りのあまり、口の端まで震えている。

「今、電話したのはあんただね」

「そうです」

「よくも勝手に入って、こんなことをしたな。訴えるぞ」

桑島は床のカチューシャを蹴り上げた。それはカチンと乾いた音を立てて本棚の下部に当たり、ペルシャ絨毯の上に落ちた。背は私よりも低く細身だが、感情の爆発を抑えられないタイプらしいのが怖かった。大声で叫べば誰かは駆け付けて来るだろうが、それでは山神の仕事は失敗する。ジレンマに気付いた私は、立ち上がって後退《あとずさ》った。

「先生も入られましたよね？　恵さんの部屋に」

「何の話だかさっぱりわからないよ。言いがかりだ」桑島はセーラー服や手紙類をナイロンバッグに乱暴に突っ込み、私のカメラを指さした。「そのカメラ」

「駄目です。これは私の仕事ですから」

「何だって。脅迫か」

桑島は愕然とした顔をして、吹き出た顔の汗を小振りな手で拭った。

「脅迫されていたんですか」桑島は答えようとしない。「先生、私はこういう者です」

私は名刺を差し出した。桑島はちらっと目を遣るだけで手に取ることもせず、押し殺した声で言った。

「探偵が、私の部屋で何をしてるんだ」

「私は恵さんの家族に頼まれて、恵さんの部屋から『パラダイス』の痕跡を消す仕事をしています。ところが、誰かが侵入してスーツケースから何かを持って行ってしまった後でした。ですから、私はそれを取り戻して処分したという証拠があればいいんです」

「それがこれだっていうのか」

私は桑島を凝視した。桑島は目を逸らした。

「あなたは『パラダイス』の常連だったけれども、最近は恵さんの部屋でプレイしてましたね。誰かに見られたからですか。それは学生？」桑島は黙りこくっている。私は勝手に喋った。「山神さんの方は、盗まれた品物を確認して、これが世間に出ないように確認できればいいそうです。だから写真を撮らせていただいたんです」

「そんな話を誰が信じるんだ。お前のやったことは犯罪だよ、犯罪！」

私は薄笑いを浮かべた。

「先生のやられたことは違うのですか。恵さんの家族が訴えたら、すぐ先生のことなんか調べられますよ。そしたら、あなたが『うさぎ』だってことも、恵さんの部屋からそれを持って行かれたことも、恵さんをどうかしたことも」

「どうかしたってどういう意味だ」

初めて桑島は食い付いてきた。

「先生、恵さんとのこと全部話してください。話してくださらなければ、こちらでいいように調べて勝手に報告出しますから。アンナさんにも来て貰ってますしね」

桑島は急に不安な顔をして廊下を振り返った。

「それ、ほんと？」

今までさんざん癇癪《かんしゃく》を起こしていた子供が、初めて自分のしでかした乱暴狼藉に気付いて、懲罰《ちょうばつ》を恐れ始めたようだった。

「ほんとよ。あんたも困るでしょ」

先程の「うさぎ」の文面を思い出した私は、わざと高飛車に出た。桑島は許される兆しを感じたのか、抜け目なく私を見上げる。

「夏前から学生の間で評判になっちゃった。あたしが『パラダイス』に出入りしてるって。それに最近変な電話がよくかかってくるの。あんたの電話もてっきりそうかと思った」

「どんな電話なの」

「男だか女だかわからない声で、『あんたの趣味は知ってるよ』と言って切れるの。学生がそこまでするとも思えないけど、嫌だから『パラダイス』に行くのはやめにした」桑島は気弱そうに頭を抱えた。「そのことをマリアさんに相談したら、一回五万で自宅調教を引き受けるって言ってくれたのよ」

「まず手紙を出して？」

「うん。あたしは手紙を書かないと『うさぎ』になれないもの」

「先週の日曜はどうしました」

桑島は私の顔を見つめる。その目に、言わなくてもいいかしら、とでもいう媚《こび》がある。

「行ったでしょ？　恵さんの部屋に」

「行ったわよ」嫌々答える。「もう堪《たま》らなくなって速達出して行ったわ」

「何でそんなになるまで我慢してたの」

「この次から七万にしたいって言われて腹が立ったのよ。あの女、ほんとに足元見やがるのよ。でも、マリアに苛めて貰いたくてとうとう行っちゃった。そして終わると腹が立つの。どうしてこんな女に這いつくばるのかって」

「憎んだ？」

桑島は何も答えなかった。黙って私の頰を撫でた。

「女って馬鹿なのに、つるつるして綺麗だから悔しいのよね」

私は桑島の手を摑んだ。

「あんたは女にはなれないよ、汚いもの。本物の女の百分の一も綺麗じゃないもの」

「てめえ」急に桑島が立ち上がった。私は桑島をソファに突き飛ばした。

「山神さんにはうまく報告しておくわ。あんたのことはばれない。でも、あんたが言わなくても私が絶対に証明してやるよ」

「何のことだ」

「恵さんを殺さなかった？」

桑島の驚愕した顔を残したまま、私は教授室を後にした。


日曜の夕方、再び私はY駅で降りた。十月の夕暮れは早く、西の空にオレンジ色の太陽が沈むのと私が駅に着いたのは同時だった。私は「うさぎ」の写真が載っている『小学生勉学研究会』のパンフレットを握り締めていた。

「うさぎ」はプレイが終わった後、いつものように恵を憎む気分になった。「うさぎ」は非常に気分が悪い。ふとホームを見下ろすと、出勤する恵が階段下に立っていた。都合の良いことに、階段の途中に酔った男がいる。男は若い恵に興味があるのか、ふらふらと近付いて行く。男を力いっぱい押せば、玉突きのように恵がホームに転落するかもしれない。「うさぎ」は男の背中を思い切り押した。

その一部始終を、下りホームで見ていた人がいるかもしれない。同じ日曜の同じ時刻。決まって同じ下り電車に乗る人が「うさぎ」の姿を見てはいなかったか。駅員の話では、目撃者は皆、上りホームにいたということだった。

私は下りホームの前方階段を下り、学生や主婦ら数人に聞いてみた。もし、居合わせたならば、事故は目の前で起きたことになる。だが、誰も知らなかった。ちょうど六時十七分だった。田無発西武新宿行き普通電車がやって来た。恵と大浜が轢《ひ》かれた電車だ。私は、幻の二人を見るように、向かい側のホームを凝視した。

恵が階段下に立っている。黒いドレス、白い寂しい顔。電車が入線して来る。酔った大浜が叫びながら空を掴んで転げ落ちる。大浜は恵にぶつかり、二人は転落する。慌てて起き上がろうとするが、間に合わない。電車が二人にのしかかる。すべては一瞬の出来事だ。突き飛ばした「うさぎ」はどうするか。

六時十七分の電車から降りて来た乗客が階段を駆け上って行くのが見えた。「うさぎ」は前の階段を駆け上り、逆側の階段を駆け下りたのではないか。何食わぬ顔をして後ろの車両に乗り込む。恵と大浜を轢いた電車で帰る。人目に付かず、目撃者にもならないためには、それしかあり得ない。

「うさぎ」が下りて来たところを見た人間が、下りホームの後方階段の辺りにいないだろうか。下り電車が来ないうちに、日曜の事故の目撃者を探さねばならなかった。私はホームを走って、後方階段の下に向かった。

階段の手前に立って、退屈そうに足踏みをしている女と目が合った。四十代半ば、スーパーの袋を幾つも提げたカーディガン姿。だが、きちんとメイクしている。パート勤務風だ。

「一週間前の事故を見ませんでしたか」

女は息を呑んだ。

「見ました。私、いつもこの時間なんですよ。六時二十一分の本川越《ほんかわごえ》行きに乗るんです。スーパーが六時に上がるもんで。あの時は、気が付いたら電車の下に男の人が挟まれていてね。女の人はばらばらで、足がこっちに飛んで来てましたよ」

女は思い出したくない、と顔を顰《しか》めた。

「その時、上りホームの階段を下りてきた人、見かけませんでしたか」

「沢山いたわよ」

彼女はいとも簡単に答えた。

「目に付いた人」

「いたいた。事故で電車停まって大騒ぎになってるのに、知らん顔してどんどん後ろに行く人がいた」

「この人ですか」

私はパンフレットの「うさぎ」の写真を見せた。

「違うね」彼女は首を横に振った。私は落胆してパンフレットを閉じた。そろそろ下り電車が入って来る時刻だった。女がパンフレットを摑んだ。「この人みたい」

それは「豪華講師陣」の「林英一郎」だった。

「だから？　おたく何が言いたい」

私と林は、『小学生勉学研究会』江古田教室の空き教室で向き合っていた。林は、男をくたびれたように見せる灰色のスーツを着ている。

「別に何も。あなたの口から真実が聞きたいだけ。あなたは『うさぎ』の正体を、BENKENのパンフで知った恵さんから聞いていたんでしょ？」

「脅迫のことか。恵の仕業だよ、それ」林はくっと笑った。「あいつそういう奴だ。それが『うさぎ』って嫌な奴に対するあいつなりの復讐なんだ」

「じゃ、あなたは恵さんに復讐しなかった？」

「何だよ。何でそんな刑事みたいな口調になるんだよ」林は嫌な顔をして、脂気のないぼさぼさの髪を指で梳《す》いた。「俺疲れたよ、すごく」

「どうして」

「恵とあのおっさんを殺しちまったから」

いとも簡単に告白して、林は目の下の隈《くま》を両の指で押さえた。しばらくして顔を上げると、ぼんやりと中空を見た。目には、何の輝きも曇りもなかった。

「あの晩、俺は五時半にテストの監督が終わり、江古田からタクシー飛ばして恵の部屋に行った。会いたかったし、日曜は誰か客がいるんじゃないかと睨んでた。そしたら、やはり変な野郎が帰るところだった。不機嫌そうにぶっつりしてよ。よく見たら『うさぎ』だ。あいつは玄関先で金を投げ付けて恵に拾わせた。すっきりすれば、てめえがやられた反対のことを女にしてバランスを取る奴なんだ。最低の野郎だった。なのに恵の奴は、金のためにこんな奴でも『調教』してやってる。しかも俺を追い出した部屋でだ。そう思ったらひどく腹が立った。『うさぎ』はさっさとどこかに消えたが、俺は厭味のひとつも言ってやろうと恵の後を尾けた。そしたら駅で変な酔っ払いが恵にからんだ。『ねえさん、どこ行くの。いい女だな』ってな。恵は階段の下であの笑いを浮かべて、酔っ払いを振り返ってた。何、誰だっていいんだ。自分に興味があって近付いて来る男なら、みんな奴隷にできる自信があるんだよ。てめえら二人とも死んじまえって思った。ほんと、くっそ生意気な女だって。おまえが俺の希望をすべて吸い込むんだって。おまえが俺の綺麗な物をすべて汚くするんだって。愛情は現金に。希望は絶望に。だから、あのおっさんを突き飛ばした。でも、まさか本当に死ぬとは思ってなかった」

「山神さんは恵さんのこと、天使のように優しい娘だって言ってた」

「天使に会った奴なんていねえのに、どうしてわかるんだ」

林は顔を上げ、怒ったように言った。


「こういうのって、どうしたらいいのかわからないな」

私は新宿御苑《しんじゅくぎょえん》の中をゆっくり歩き、誰に言うともなく言った。空気はひんやりと冷たく、拳をジャケットの中に入れると気持ちが良かった。金木犀《きんもくせい》の香りが漂い、御苑の森は穏やかだ。

「放って置けばいい」数歩先を歩くトモさんが振り向いた。「でも、あなたがそれじゃ気が済まないのなら、警察にでも届けるがいいさ」

「そういうことじゃない」私は曇った秋の空を見上げた。ほんの微かに、低く地鳴りのように車が疾走する音が響いている。「例えば御苑の下にトンネルが掘ってあって、車がひっきりなしに通っている。そんなこと言われなければ誰も気が付かない。だけど、気付いてしまうと、どうしても音が耳に入ってくる。それをどうしたらいいのかわからないのよ」

「なるほど」トモさんは、大きな楠《くすのき》を仰いだ。「あなたの言うのはわかるよ」

私は腕組みをして、トモさんの顔を正面から見た。

「あたし、ジュクセンの言うことがすごくよくわかる」

「うん。俺にもわかる」

「ちょっと好きになった」と言うと、トモさんは少し微笑んだ。「かと言って、恵のことが嫌いな訳じゃない」

私たちは黙り込み、どちらからともなくポケットを探ってマルボロの箱を探した。

トモさんが先に二本取り出し、火を点けて一本を手渡してくれた。

「それで、『パラダイス』はどうなったの」

「ママさんが管理して、アンナが仕切っている。山神さんがオーナー」

「あんなに騒いだのに、山神は手放さなかった訳だ」トモさんは笑った。

「そうなの。面白いね」

「うん、面白い。そうさ、体に悪いこと沢山して楽しめばいいんだ。そして死ぬんだ」

トモさんはふざけながら、煙をふっと吐き出した。

「しっ」

私は、地面の底の暗い響きを今度こそはっきり聞き取ろうと耳を澄ました。

解説

桃谷方子

現実の自分がどうしようもなく嫌いで生きていくのもままならない、というほどの重い悩みから逃避するための変身願望とまではいかなくても、誰でも一度は、自分以外の人間になってみたいと思ったことはあるでしょう。

頭のいい人、美しい人、人気のある人、個性的な人、健康な人、職業や社会的地位、家柄に至るまで、自分にない価値を持っている人になってみたいと、誰でも一度は夢想するのではないでしょうか。

たいがいの人は、自分が思い描いている理想の人を模倣《もほう》します。ファッション、言葉遣い、雰囲気、癖、嗜好《しこう》、愛読書、思想傾向に及ぶまでを、真似ることで満足感を得ようとします。

自分以外の人間になってみたいという願望には、自分が納得する人物になれば自信を持って他者と関われる、そんな思いが込められているのではないでしょうか。

誰もが、堂々と自分自身を主張して生きていたい、と思っています。でも、自分は劣っていると感じていたり、他の人と根本的に違っているのではないか、という恐れもあります。

ありのままの姿で人と関わりたいと思いながら、ありのままの自分を閉じ込める殻を作ってしまうのも自分です。

それが矛盾したものであるとわかっていても、人間は弱い。それゆえ、他者になることによって自分が自分らしく生きられる、と思ってしまうのです。

ところが、桐野夏生さんが描く「村野ミロ」は、他者になりたいなどという願望を微塵《みじん》も持っていません。と言って、ミロは、別に、自己愛が偏執的なまでに過剰な女ではありません。

「ローズガーデン」の中で、河合博夫が高校時代のミロについて、

「自分の快楽を喚起することにかけては絶対に手を抜かない女だ」

と述懐します。

ミロ自身は、

「だって他人の代わりをすることなんて絶対できっこないもの。あたしはあたしだも

の」と十七歳にして、自分は自分であり自分は自分以外の何者でもない、と達観しているのです。

母親が亡くなった後、義理の父との二人暮らしというミロの置かれた家庭環境は、平凡ではなく、また、恵まれたものでもありません。しかし、その家庭環境は、その後のミロの決してめげない性格を形成した要因になっていると言えます。逆境にあっても、自分を見失わずに、ますます自分であろうとするミロの意志からは、人間としての気高さを感じさせます。私などは、クールになり切れないミロの、そういうありかたに憧れます。

博夫がミロに誘われて、ミロが義理の父と住んでいる家に初めて行った日、庭は異様に荒れていました。

「庭は雑草が茂り、木の枝が鬱蒼《うっそう》として小さなジャングルのようだった。あちこちに置き忘れられたみたいに赤や黄色の薔薇《ばら》が咲いている。立ち枯れているのもあれば、今を盛りと咲き乱れているのもあった。目を奪われたが、庭は立ち入ることを拒むかのように丈高い雑草に覆われている」

と描写されています。

手入れの行き届いた温室の薔薇などではなく、荒れた庭の雑草の中に自然のまま咲き誇る薔薇は、ありのままの自分であること、を象徴していると思われます。

ありのままの自分というのは、愛の問題を抱えた自分です。それは、ミロであり、博夫であり、義父善三であり、トモさんであり、そして犯人たちであり、桐野夏生さんが描き出す全ての人物に当てはまります。

成人し、探偵業が生業《なりわい》になると、高校時代にはあった幼さの代わりに、ミロは、しなやかさを身につけていきます。他者との程よい距離を保つために身につけたしなやかさと言ってもいいでしょう。

が、探偵という仕事を通して、ミロこそが、自分の快楽を喚起することにかけては絶対に手を抜かない相手と、密接に関わっていくことになるのです。あたかも、雑草の生い茂ったローズガーデンに足を踏み入れて行くかのように。

「ローズガーデン」では、ミロの夫の河合博夫が、はるかインドネシアの茶色い汁粉のようなマハカム川を渡るはめになったそれまでを語っています。高校二年生の秋にミロを知った時の衝撃、熱愛、そして結婚。両岸まで数百メートルもあるマハカム川を操縦士付きのボートで遡《さかのぼ》って行く描写は圧巻。

「漂う魂」は、ミロの住む新宿二丁目のマンションでの幽霊騒動から端を発した犯人捜しです。都会の夜の街に働く住人たちの多様性が、簡潔に表現されている分、小説の世界を超越して生々しく迫ってきます。幽霊よりも恐ろしいものに突き当たっていくミロの人間臭さがいい。ミロの日常も興味をひきます。それにしても、このマンションの住人たちが、ちゃんと繋《つな》がりを持っているのが救いです。

「独りにしないで」

ミロが人妻の浮気調査をしている最中に偶然出会った、クチナシの花のように美しい中国人ホステス有美と、彼女を愛した男にまつわる事件です。有美の本当の気持ちを知りたがった男の死をめぐり、ミロが、レズビアンバーの女からの情報に絡ませて、仕事抜きで解決にあたります。

「永遠に得られない欲望を発散している街と人々とに違和感を感じた」と、さすがのミロも、人の心の中の複雑さにたじろいでいます。結末が、悲しいが凛々《りり》しい。

「愛のトンネル」

転落事故に巻き込まれて死んだ娘の部屋の片づけを、娘の父親に依頼された事件。二日もあれば終了できる楽な仕事と思ったミロは、「調査五日セット十五万という基本料金なし」の値段で引き受けます。いざ仕事にかかってみると、ＳＭクラブの女王

様をしていた娘をめぐって錯綜《さくそう》する人間関係に、

「簡単だったはずの仕事は面倒なものに変化した」

と、ミロを困惑させます。はたして、ミロは五日間で事件を解決できるかどうか。

ここに収載された「ローズガーデン」「漂う魂」「独りにしないで」「愛のトンネル」のどの作品からも、村野ミロの、理性的であろうとしながらも、愛についての真《しん》摯《し》なあり方が迫ってきます。他人の物真似ではなく自分自身を生きる勇気こそがかっこいいのだ、とミロの言葉と行動が教えてくれるのです。

「新装版」解説

千早　茜

続けざまに貪るように読み、これは裏切られる物語だと思った。

「女探偵ミロシリーズ」と呼ばれる村野ミロを主人公にした作品群は、桐野夏生さんの唯一のシリーズものである。物語に登場する人間たちは読み進むにつれ、思ってもみなかった顔を見せる。『顔に降りかかる雨』では、高校時代からのミロの友人、耀《よう》子《こ》を探すうちに、自信とエネルギーに満ちた華やかな彼女の暗い部分が浮き彫りになっていく。『天使に見捨てられた夜』でも、ある成功者の意外な過去が明らかになる。『ダーク』では、ミロが信頼する身近な人物が卑しい欲を剥《む》きだしにしてミロを追い詰める。一見、普通の人間が罪悪感なく他人を貶《おとし》め、騙《だま》し、確かだと思っていた性別ですらあやふやなものだと気付かされる。

それらは自然にあらわれるわけではなく、ミロが行動し調べていくにつれ、暴いていくことになるのだが、親しい人物であればミロは衝撃を受ける。同時に読者も人間の深淵に潜む欲望や、愚かで利己的な本性を突きつけられ、衝撃を受ける。そして、怖いもの見たさが募り、頁をめくる手が止まらなくなる。

しかし、本当の姿を晒《さら》して生きている人間は稀だ。ミロが言うように、誰もが自分を「いろいろな物で鎧《よろ》って」生きている。だからこそミロは裏切られる度に真実に近付くことができる。

この『ローズガーデン』には四つの短篇が収められている。表題作の『ローズガーデン』だけがミロの亡き夫、博夫が主人公で、あとの三つは前二作の長篇同様、ミロの視点で語られている。『天使に見捨てられた夜』からのミロの友人であり「隣人愛」を育んでいるトモさんが良き相談相手として登場する。

『ローズガーデン』は、博夫が赴任先のインドネシアの「汁粉のような色をしたマハカム川」を遡りながらミロとの出会いを回想する。「白いソックスの後ろに泥跳ねの痕」のついた女子高生、ミロの肝の据わった目に博夫は興味を抱き、やがて心身共に溺れていく。荒れた庭やインドネシアの自然、山の中の少女売春宿、ジャングルのまとわりつくような湿度の描写が、眩暈《めまい》がするほど官能的だ。今までの新宿を舞台にした、どことなく乾いた雰囲気と大きく異なる。なにより、博夫の目を通して見た女子高生のミロに驚かされる。彼女は嘘か真かわからない淫らな話をして博夫を、そして読者を惑わせる。この短篇のミロは、後に博夫の死を想っては悲しみに沈んだり、「夫は欠落感のようなものを私の心に植えつけていった」と苦悩したりするミロとは明らかに異なっている。冷静で「自分をコントロール」できるミロとも違い、享楽的で危うげだ。よく知っていると思っていたミロを一瞬見失う。読者はミロに裏切られる。けれど、ミロの秘密を垣間見たような気分になり、ますますミロの物語に夢中になっていく。この短篇の主人公の博夫のように。

『漂う魂』は、ミロが住んでいるマンションの幽霊調査を依頼される。ホステスと男性同性愛者との確執、隣室に転がり込んでいるゲイの青年、お喋りな管理人など、新宿という街に住む雑多な人間たちの在り様が面白い。ミロに危害を加えようとしたある人物にミロが言う台詞が印象的だ。「信じたい気持ちはわかるけど、それは幽霊を信じるのに似ている。中身がないのに、信じていることで中身が生まれてくるのよ」。人と人との間に生まれた悪意や嫉妬や恐怖が、幽霊という実体のないものを隠れ蓑にして都会の街のマンションを漂う。

『独りにしないで』では、美しい中国人ホステス有美の気持ちを確かめて欲しいと、彼女に熱をあげている男性から頼まれる。ミロは「気持ちの問題は客観的な証拠を集めることができない」と依頼を断るが、その男性が刺殺されたことから個人的に調べはじめる。道路に残った血痕が消えるまで、と自らに期限をつけるところがミロらしい。男性にもらった犬を有美が投げ殺したと知り、ミロもまた彼女の心の中を知りたくなっていく。人妻の浮気調査中でもあったミロは「裏切られた愛情はわかりやすいのに、本物の愛情は確認しにくい」と疲れたように思う。それでも人は人に「一番わかりにくいもの」を求める。それゆえの悲劇の物語である。

『愛のトンネル』は、地方の役所勤めの男性からの依頼で、線路の転落事故で死んだ娘の部屋の片付けをすることになる。簡単に思えた仕事は、レース編みが趣味の地味な娘がSMクラブの女王だったことから複雑になっていく。ある人は娘を「天使」だと言い、ある人は「計算高くて、吝嗇《りんしょく》」と罵り、ある人は「天才」と称賛する。ばらばらに見える顔が一人の人間の中にある。奇妙に思えるが、自分の身に置きかえて考えてみると不思議ではない。程度の差はあれ、社会で生きる私たちは幾つかの顔を使い分けているはずなのだ。

江戸川乱歩賞を受賞した『顔に降りかかる雨』からはじまったこのシリーズは、『天使に見捨てられた夜』『ローズガーデン』『ダーク』と続くにつれ、ミステリーの謎解きから人間を描くことへと主題が移行していく感がある。ミロは事件を解決しても、犯人に自ら手を下すことは少ない。息の根は止めず、犯人に決断をゆだね、悲しげにも見えるひそやかさでそっとそばを離れる。ミロが追いかけているものは正義や結末ではなく、他者の心だ。この短篇集に収められているどの話でも、主人公や登場人物たちは見えない他人の心に目を凝らす。知っていると思っていた人の、次々に明らかになってくる違う一面に動揺しながらも、本当の姿を探そうとすることを止められない。その姿は哀しく、切実で、愛おしくもあり、それ故に深く心に刺さる作品になっている。

幼い頃、恋愛ものが嫌いだった私は強い女性に憧れた。映画にでてくる、まるでマネキン人形のような美しいだけのヒロインや、恋に落ちて自分を見失う女性になりたくはないと思った。弱さを疎んじてはいたが、強さが何かと問われれば答えられなかった。ただただ誰にも頼らず生きていけるようになりたいと思っていた。それには、女性であることは不利に思えた。

今、世の中は少し変わった。子どもの私が夢中になった『ゴーストバスターズ』の四人組は2016年、全員が女性になって公開された。映画では男性並みに戦える女性像が描かれ、日本の男女賃金差も過去最低になっている。ミロは時代に先駆ける強い女性主人公だったのだと思う。ミロだけでなく、『独りにしないで』のレズビアンバーの五十嵐や『ダーク』の老婆詐欺師のキャシーといった、ミロを助ける女性たちも心に残る。ＡＶ業界を扱った『顔に降りかかる雨』では、女性の身の守り方を考えさせられる。都会で生きる様々な境遇の女性たちへの、作者の冷静で優しいまなざしを感じる。女性の生き方が多様化した今だからこそ読むべき作品だと思う。

小さい頃はわからなかった本当の強さの答えもこの作品の中にある。それは現実から目を逸《そ》らさないことだ。傷ついても、失敗しても、ミロはけっして目を逸らさない。自分の中にわきおこる感情からも、人の心の闇からも。そして、自分の選択の結果を受け入れる。そこが彼女の強さだ。それは性別や時代、年齢を問わず、人として普遍的な強さなのだと思う。『愛のトンネル』のラストでミロは「地面の底の暗い響き」に耳を澄ます。都会の底に潜んでいるのは人の感情だ。

表題作の『ローズガーデン』で、十七歳のミロはヤクザの調査屋の義父、善三と寝ていると驚くべき告白をする。義父との行為を平然と口にするミロに、博夫は「凄い女だ」「自由な女だ」と感嘆するが、この話が本当だったのか嘘だったのかはわからない。ミロは博夫の自殺に対して罪悪感はあっても、この件について語ることはない。真実は荒れた庭に残されたままだ。母親を亡くした少女ミロの「冷めていて熱い」目に何が隠されていたのかが気になり、本を閉じた後も余韻となって残る。鬱屈《うっくつ》した衝動を持て余し「他人を玩具のように使おう」としたのか、愛に飢え善三と博夫の関心をひこうとしたのか、庇護《ひご》者である善三と本当に男女の関係であったのか、想像はふくらむ。

真偽はともかくとして、『ローズガーデン』にはミロの不穏な情熱が見え隠れしている。そして、主人公でありながら秘密を抱えたミロは『ダーク』で変容を遂げる。『ローズガーデン』でミロが見せた一面は、『ダーク』で開花《は》したように思えてならない。『ダーク』でのミロはそれまであった寂しげな仮面を剝ぎ取り、憎悪と衝動を抱えて激しく走りだす。彼女の行動は正しくもなく共感もされないかもしれない。けれど、ミロはすべてを断ち切り自由を得る。後悔もしない。彼女は本当の自分を手に入れる。読者を徹底的に裏切り、一人の女性の解放された姿を描こうとする作者の覚悟に胸が震えた。

整えられた温室でも、荒れ果てた庭でも、時がくれば薔薇《ばら》は咲く。鋭い棘《とげ》を剝きだしにして、自分だけの美しい花を咲かせる。

その萌芽が艶《なま》めかしく隠れている短篇集だ。

本書は、二〇〇〇年六月に小社から単行本で、二〇〇三年六月に講談社文庫で刊行されたものの新装版です。

※この作品には、性的マイノリティに対する差別的な言葉が出てきます。今日では不適切な表現ですが、作中の世界観を構築した一九九〇年代には、そうした差別意識が存在していました。その事実を浮き彫りにすることが、差別解消の一端を担うと考え、新装版でも原文どおり表記しています。読者のみなさまのご理解を賜りますよう、お願いいたします。(桐野夏生・講談社文庫出版部)

|著者| 桐野夏生　1951年金沢市生まれ。成蹊大学卒業。1993年『顔に降りかかる雨』で江戸川乱歩賞、'98年『OUT』で日本推理作家協会賞、'99年『柔らかな頬』で直木賞、2003年『グロテスク』で泉鏡花文学賞、'04年『残虐記』で柴田錬三郎賞、'05年『魂萌え！』で婦人公論文芸賞、'08年『東京島』で谷崎潤一郎賞、'09年『女神記』で紫式部文学賞、'10年『ナニカアル』で島清恋愛文学賞、'11年同作で読売文学賞を受賞。'15年、紫綬褒章を受章した。近著に『バラカ』『猿の見る夢』『夜の谷を行く』『デンジャラス』などがある。

桐野夏生オフィシャルホームページ
-BUBBLONIA-
http://www.kirino-natsuo.com/

新装版《しんそうばん》　ローズガーデン
桐野夏生《きりのなつお》

講談社文庫
定価はカバーに
表示してあります

2017年8月9日第1刷発行

発行者――鈴木　哲
発行所――株式会社　講談社
東京都文京区音羽2-12-21　〒112-8001
電話　出版（03）5395-3510
　　　販売（03）5395-5817
　　　業務（03）5395-3615
Printed in Japan

デザイン―菊地信義
本文データ制作―講談社デジタル製作
印刷――――豊国印刷株式会社
製本――――株式会社国宝社

ISBN978-4-06-293732-0

講談社文庫刊行の辞

二十一世紀の到来を目睫に望みながら、われわれはいま、人類史上かつて例を見ない巨大な転換期をむかえようとしている。

世界も、日本も、激動の予兆に対する期待とおののきを内に蔵して、未知の時代に歩み入ろうとしている。このときにあたり、創業の人野間清治の「ナショナル・エデュケイター」への志を現代に甦らせようと意図して、われわれはここに古今の文芸作品はいうまでもなく、ひろく人文・社会・自然の諸科学から東西の名著を網羅する、新しい綜合文庫の発刊を決意した。

激動の転換期はまた断絶の時代である。われわれは戦後二十五年間の出版文化のありかたへの深い反省をこめて、この断絶の時代にあえて人間的な持続を求めようとする。いたずらに浮薄な商業主義のあだ花を追い求めることなく、長期にわたって良書に生命をあたえようとつとめるところにしか、今後の出版文化の真の繁栄はあり得ないと信じるからである。

同時にわれわれはこの綜合文庫の刊行を通じて、人文・社会・自然の諸科学が、結局人間の学にほかならないことを立証しようと願っている。かつて知識とは、「汝自身を知る」ことにつきていた。現代社会の瑣末な情報の氾濫のなかから、力強い知識の源泉を掘り起し、技術文明のただなかに、生きた人間の姿を復活させること。それこそわれわれの切なる希求である。

われわれは権威に盲従せず、俗流に媚びることなく、渾然一体となって日本の「草の根」をかたちづくる若く新しい世代の人々に、心をこめてこの新しい綜合文庫をおくり届けたい。それは知識の泉であるとともに感受性のふるさとであり、もっとも有機的に組織され、社会に開かれた万人のための大学をめざしている。大方の支援と協力を衷心より切望してやまない。

一九七一年七月

野間省一

黒島伝治

橇／豚群

人と作品＝勝又 浩　年譜＝戎居士郎

プロレタリア文学運動の潮流の中で、写実的な文章と複眼的想像力によって農民、労働者の暮らしや戦争の現実を活写した著者の、時代を超えた輝きを放つ傑作集。

くＪ１
978-4-06-290356-1

ヘンリー・ジェイムズ　行方昭夫 訳解説＝行方昭夫　年譜＝行方昭夫

ヘンリー・ジェイムズ傑作選

二十世紀文学の礎を築き、「心理小説」の先駆者として数多の傑作を著したジェイムズの、リーダブルで多彩な魅力を伝える全五篇。正確で流麗な翻訳による決定版。

シＡ５
978-4-06-290357-8

講談社文庫　目録

北村　薫　盤上の敵
北村　薫　紙魚家崩壊〈九つの謎〉
北村　薫　野球の国のアリス
岸　恵子　30年の物語
霧舎　巧　ドッペルゲンガー宮〈《あかずの扉》研究会流氷館へ〉
霧舎　巧　カレイドスコープ島〈《あかずの扉》研究会竹取島へ〉
霧舎　巧　ラグナロク洞〈《あかずの扉》研究会影郎沼へ〉
霧舎　巧　マリオネット園《ランド》〈《あかずの扉》研究会首吊塔へ〉
霧舎　巧　霧舎巧傑作短編集
霧舎　巧　名探偵はもういない
きむらゆういち　あべ弘士絵　あらしのよるにI
きむらゆういち　あべ弘士絵　あらしのよるにII
きむらゆういち　あべ弘士絵　あらしのよるにIII
木村元子　松田裕子　私の頭の中の消しゴム アナザーレター
木内一裕　藁の楯
木内一裕　水の中の犬
木内一裕　アウト&アウト
木内一裕　キッド
木内一裕　デッドボール
木内一裕　神様の贈り物
木内一裕　喧嘩猿
木内一裕　バードドッグ
北山猛邦　『クロック城』殺人事件
北山猛邦　『瑠璃城』殺人事件
北山猛邦　『アリス・ミラー城』殺人事件
北山猛邦　『ギロチン城』殺人事件
北山猛邦　私たちが星座を盗んだ理由
北山猛邦　猫柳十一弦の後悔〈不可能犯罪定数〉
北山猛邦　猫柳十一弦の失敗〈探偵助手五箇条〉
北野輝一　あなたもできる陰陽道占
清谷信一　ル・オタク〈フランスおたく物語〉
北　康利　白洲次郎 占領を背負った男(上)(下)
北　康利　福沢諭吉 国を支えて国を頼らず(上)(下)
北　康利　吉田茂 ポピュリズムに背を向けて(上)(下)
北原尚彦　死美人辻馬車
北尾トロ　テッカ場
樹林　伸　東京ゲンジ物語
貴志祐介　新世界より(上)(中)(下)
北川貴士　マグロはおもしろい〈美味のひみつ、生き様のなぞ〉
木下半太　暴走家族は回り続ける
木下半太　爆《は》ぜるゲームメイカー
木下半太　サバイバー
北原みのり　毒婦。〈木嶋佳苗100日裁判傍聴記〉
北　夏輝　恋都《みと》の狐さん
北　夏輝　美都で恋めぐり
北　夏輝　狐さんの恋結び
岸本佐知子 編訳　変愛《ヘンアイ》小説集
木原浩勝　文庫版 現世《うつしよ》怪談(一) 主人の帰り
喜国雅彦　国樹由香　メフィストの漫画
黒岩重吾　天風の彩王(上)(下)〈藤原不比等〉
黒岩重吾　中大兄皇子伝(上)(下)
黒岩重吾　新装版 古代史への旅
栗本　薫　水曜日のジゴロ〈伊集院大介の探究〉
栗本　薫　真夜中のユニコーン〈伊集院大介の休日〉
栗本　薫　身も心も〈伊集院大介のアドリブ〉
栗本　薫　聖者の行進〈伊集院大介のクリスマス〉
栗本　薫　陽気な幽霊〈伊集院大介の観光案内〉

講談社文庫　目録

栗本　薫　女郎蜘蛛〈伊集院大介と幻の友禅〉
栗本　薫　第六の大罪〈伊集院大介の飽食〉
栗本　薫　逃げ出した死体〈伊集院大介と少年探偵〉
栗本　薫　六月の桜〈伊集院大介のレクイエム〉
栗本　薫　樹霊の塔〈伊集院大介の聖域〉
栗本　薫　木蓮荘綺譚〈伊集院大介の不思議な旅〉
栗本　薫　新装版 絃《いと》の聖域
栗本　薫　新装版 ぼくらの時代
黒井千次　カーテンコール
黒井千次　日の砦
倉橋由美子　よもつひらさか往還
倉橋由美子　老人のための残酷童話
倉橋由美子　偏愛文学館
黒柳徹子　窓ぎわのトットちゃん 新組版
久保博司　日本の検察
久保博司　新宿歌舞伎町交番
久保博司　歌舞伎町と死闘した男〈続・新宿歌舞伎町交番〉
工藤美代子　今朝の骨肉、夕べのみそ汁
黒川博行　燻り

黒川博行　てとろどときしん〈大阪府警・捜査一課事件報告書〉
黒川博行　国境
久世光彦　夢あたたかき〈向田邦子との二十年〉
黒田福美　ソウル マイハート
黒田福美　となりの韓国人〈傾向と対策〉
倉知　淳　星降り山荘の殺人
倉知　淳　猫丸先輩の推測
倉知　淳　猫丸先輩の空論
熊谷達也　迎え火の山
熊谷達也　箕作《みつくり》弥平《やへい》商伝記
鯨　統一郎　北京原人の日
鯨　統一郎　タイムスリップ森鷗外
鯨　統一郎　タイムスリップ明治維新
鯨　統一郎　富士山大噴火
鯨　統一郎　タイムスリップ釈迦如来
鯨　統一郎　タイムスリップ水戸黄門
鯨　統一郎　MORNING GIRL
鯨　統一郎　タイムスリップ戦国時代
鯨　統一郎　タイムスリップ忠臣蔵

鯨　統一郎　タイムスリップ紫式部
倉阪鬼一郎　青い館の崩壊〈ブルー・ローズ殺人事件〉
倉阪鬼一郎　大江戸秘脚便
倉阪鬼一郎　娘飛脚を救え〈大江戸秘脚便〉
倉阪鬼一郎　開運十社巡り〈大江戸秘脚便〉
久米　宏／久米麗子　ミステリアスな結婚
轡田隆史　いまを読む名言〈昭和天皇からホリエモンまで〉
草野たき　透きとおった糸をのばして
草野たき　猫の名前
草野たき　ハチミツドロップス
黒田研二　ウェディング・ドレス
黒田研二　ペルソナ探偵
黒田研二　ナナフシの恋〈～Mimetic Girl～〉
黒木　亮　アジアの隼
黒木　亮　カラ売り屋
黒木　亮　エネルギー(上)(中)(下)
黒木　亮　冬の喝采(上)(下)
黒木　亮　リスクは金なり
熊倉伸宏　あそび遍路〈おとなの夏休み〉

2017年6月15日現在